Jan Cornelius: Heilige und Scheinheilige

Ganz weltliche Satiren

Für Andrea

www.zollhaus-verlag.de

Umschlaggestaltung: Norbert Abts (Cartoon von Miroslav Barták)
Druck: DIP-Digital-Print, Witten
ISBN-10: 3-923328-18-4
ISBN-13: 978-3-923328-18-5

Allerlei Mitmenschen

Grenzen und Grenzüberschreitungen

Unter einem Hut

Kunst ist schön

Allerlei Mitmenschen

Der Computerjunkie

Ich arbeite in einem Büro in der City, das heißt, ich sitze vor einem Bildschirm und muss fortwährend irgendwelche Daten in den Computer eingeben. In meinem Büro steht ein Digitalfoto von meiner Frau, es gibt mir immer Input, wenn ich es anschaue. Ich habs mit dem PC-Fotoprogramm aufgemöbelt, das heißt, ich habe ihr Gesicht ein wenig verändert, und meine Frau sieht jetzt ungefähr so aus wie Jennifer Lopez. Frau Müller denkt sogar, das wäre tatsächlich ein Foto von Jennifer Lopez.

Frau Müller ist meine Teamkollegin, sie sitzt am Tisch nebenan, und wenn ich ihr mal schnell etwas sagen möchte, dann schicke ich ihr eine Mail. Frau Müller mailt dann immer gleich zurück, sie ist da ganz zuverlässig. Dann maile wieder ich ihr, dann wiederum sie mir, usw. Zum Reden kommen wir aber leider nie, der PC-Stress hat uns völlig im Griff.

Ab und zu muss ich freilich ein wenig relaxen. Dann spiele ich diverse PC-Knobelspiele, aber natürlich nie länger als 10 bis 15 Minuten. Kürzlich habe ich mir jedoch eine neue Solitaire-Variante gedownloaded, die macht megasüchtig. „Wieso spielen Sie denn dauernd Solitaire, wenn ich zu Ihnen ins Büro komme?“, fragte mich mein Chef heute früh. „Weil ich wegen des Teppichbodens Ihre Schritte nicht hören kann“, gab ich zurück. Da drohte er mir mit Kündigung. Na und? Ist mir doch egal!

Denn ich bekam gestern eine E-Mail von einem mir völlig unbekannten Businessman aus Uganda. Er heißt Ugutu Mombusseka, ist ganz unverhofft in den Besitz von 28 Millionen Dollar geraten, und, wie das Leben so spielt, weiß er im Augenblick nicht, was er mit dem vielen Geld machen soll. Dank seiner unglaublichen Menschenkenntnis hat er jedoch via Internet mich ganz persönlich auserkoren, um mir die Hälfte seines Vermögens anzuvertrauen. Ich muss ihm dafür bloß meine Bankverbindung, mein Onlinebanking-Passwort und eine Kopie meiner Unterschrift zukommen lassen, dann überweist er mir sofort 14 Millionen Dollar. Glück muss man haben!

Ja, der Computer hat mein Leben ziemlich verändert! Meine Freizeit nutze ich neuerdings nur noch, um mich ganz easy weiterzubilden. Möchte ich zum Beispiel wissen, wieviel Grad Fahrenheit gerade in Hong Kong herrschen oder ob es in Tokio nicht vielleicht plötzlich schneit, kann ich es mir ruckzuck ergooglen. Dadurch spare ich eine Menge Zeit, die setze ich dann ganz konsequent ein, um zusätzliches aufschlussreiches Internet-Wissen zu erhalten. Zum Beispiel über tabulose Nixen. Man lernt nie aus!

Doch im Augenblick habe ich ein kleines Problem: Meine Frau hat für meine Wissensgier überhaupt kein Verständnis, gestern Abend machte sie mir diesbezüglich sogar eine Szene. Ich sei ja total computersüchtig, warf sie mir vor, und ich würde sie, als Mensch, überhaupt nicht mehr wahrnehmen. Sie schimpfte und schimpfte, und irgendwann hat es mir dann gereicht. Ich richtete die Maus auf sie: Klick! Da war sie plötzlich verschwunden.

Nun habe ich auf einmal Hunger, aber ich weiß nicht, wie die Mikrowelle funktioniert. Was muss ich da für ein Passwort eingeben? Ich habe versucht meine Frau neu zu installieren, aber es klappt nicht. Auch die Systemwiederherstellung zu einem früheren Zeitpunkt schaffte sie nicht wieder herbei. Stattdessen meldet der PC ununterbrochen: Error. Irgendwo in meinem Ehebetriebsprogramm muss wohl ein böses Virus versteckt sein.

Der Jogger

Wenn man im Leben etwas erreichen möchte, dann muss man ganz konsequent und langfristig ein wichtiges Ziel verfolgen. So sage ich mir schon seit vielen Jahren täglich aufs Neue: „Morgen muss ich endlich anfangen ein bisschen Sport zu treiben!"

Es ist mir natürlich bewusst, dass Worte allein nicht reichen, und daher entschloss ich mich vor zwei Wochen, endlich zur Tat zu schreiten. Ich begab mich in das Sportgeschäft um die Ecke und erzählte der Verkäuferin von meinen Absichten. „Was für eine Sportart möchten Sie denn treiben?", fragte sie mich. „Keine Ahnung!", meinte ich und zuckte mit den Schultern. „Was würden Sie mir denn vorschlagen?" „Jogging!", kam sofort die Antwort. „Das ist die Sportart für den modernen Menschen. Es hält den Körper topfit und bewirkt Wunder für die gestresste Seele." „Klasse!", sagte ich froh. „Was braucht man denn alles zum Joggen?"

Nach eingehender fachkundiger Beratung entschloss ich mich, folgende Jogging-Artikel zu erwerben: drei Paar Joggingschuhe, vier Jogginganzüge, drei Stirnbänder und zwei Jogging-Regenschirme, die man sich problemlos auf den Rücken schnallen kann, wenn man beim Joggen vom Regen überrascht wird. „Um Fortschritte beim Joggen zu erzielen, ist es natürlich ratsam, seine Ausrüstung alle zwei, drei Monate zu erneuern“, sagte mir noch die Verkäuferin, „also kommen Sie in ein paar Wochen unbedingt wieder! Ich wünsche Ihnen viel Erfolg!“ „Danke!“, sagte ich. Und

Bevor ich den Laden verließ, kaufte ich mir noch eine digitale Stoppuhr, mit eingebautem Mini-Handy, die die Zeit auf 1/100 Sekunde genau bemessen konnte. Man konnte damit sogar bis auf 300 m Tiefe tauchen, und falls man dann zu schnell auftauchte, gab sie ein Alarmsignal. Sie war zwar sündhaft teuer, doch wenn man schon mal mit dem Joggen anfängt, dann soll man auch Nägel mit Köpfen machen.

Voll bepackt mit Einkaufstüten begegnete ich ein wenig später meinem Freund Alfred, der sich über meine vielen nagelneuen Joggingsachen halbtot lachte. Was ich mir da alles hätte aufschwatzen lassen, und so weiter. „Hast du vielleicht ’ne Ahnung vom Joggen!“, sagte ich. „Halt dich da bitte raus!“

Am zweiten Tag nach Büroschluss kaufte ich mir dann das Buch „Mit Jogging sein Leben verändern“, das ich in einem durchlas. Jetzt wusste ich ganz genau, was ich zu tun hatte.

Am dritten Tag setze ich mich auf die Couch und schaute mir eine DVD über das Joggen an, danach aß ich drei Kraftriegel, die ich für den Aufbau der Beinmuskulatur dringend benötigte.

Am vierten Tag ging ich mit der Stoppuhr in den Park, um ihre Funktionalität unter Praxisbedingungen zu testen. Ich konnte folgende Zeiten mit absoluter Genauigkeit festhalten: Ein Schäferhund brachte es fertig, eine Joggerin in 2'31'' in den Teich zu treiben, und eine kräftige Dogge schaffte es wiederum einen Jogger in lediglich 1'24'' in einen Busch zu jagen. Letzteres ging mir nicht mehr aus dem Kopf, und nachts träumte ich, dass auch mich eine wild gewordene Dogge beim Joggen durch die Gegend scheuchte, und als ich zur Seite sprang, fiel ich ganz plötzlich aus dem Bett, und so verstauchte ich mir einen Knöchel.

Nun kann ich das Joggen erstmal vergessen! Ich denke, es wäre auch gar nicht das Richtige für mich gewesen. Jetzt habe ich mir aber etwas völlig Neues vorgenommen: Ich werde es dieses Jahr noch mal ganz ohne Sport versuchen. So schone ich rundum meine Knöchel, und dafür brauche ich auch keine Extra-Ausrüstung.

BARTÁK

Der Großstädter

Großstädter sind Leute, die vom Land in die Stadt gezogen sind, um dort so hart zu arbeiten, dass sie es sich leisten können, aus der Stadt aufs Land zu ziehen. Ein Spruch, den ich neulich gehört habe. Das ist ganz schön hirnverbrannt, und ich frage mich allen Ernstes, wieso manche Leute so etwas Absurdes machen. Ich habe für dieses ganze Hin- und Herpendeln überhaupt kein Verständnis.

Ich bin der absolute Großstadtmensch und sehe im Großstadtleben einzig und allein Vorteile.

Okay, wenn es dunkel wird, ist es bei uns in der Gegend ziemlich gefährlich, aber die Kriminellen leiden ja selbst unter diesem Zustand. Sie sind nach dem Einbruch der Dunkelheit derart verängstigt, dass man sie nur noch zu zweit oder dritt herumlaufen sieht.

Aber man darf nicht gleich alles so tragisch nehmen! Die krasse Gewalt, die sich bei uns in den letzten Jahren überall breit gemacht hat, hat auch eine ganz praktische Seite: Wenn jemand um 22 Uhr nicht zu Hause ist, braucht man ihn gar nicht mehr zu suchen. Man kann ihn direkt für tot erklären.

Und was außerdem ganz positiv zu bewerten ist: In unserer Gegend sieht man nie einen Kampfhund ohne Maulkorb herumlaufen, oder einen, der nicht an der Leine ist. Man sieht überhaupt keine Kampfhunde in unserer Stadt, weil man sie ganz konsequent rund um die Uhr einschließt, und zwar ihrer eigenen Sicherheit zuliebe.

Zugegeben, die Umweltverschmutzung ist in der Stadt zwar enorm, aber deswegen muss man doch nicht gleich Trübsal blasen! Es gibt trotzdem noch einige Bäume, wenn man nur zu suchen weiß, und auf einem Baum habe ich gestern sogar einen kleinen Vogel entdeckt. Statt zu zwitschern, hat er aus voller Kehle gehustet. Wie wir. Und das zeigt doch, dass alles um uns herum um einiges menschlicher geworden ist.

Von Landtieren versteht der Großstädter freilich wenig, er züchtet allgemein Katzen und Hunde. Und vor allem Fische, weil die nicht bellen, wenn das Telefon schellt, und auch nicht unter der Bettdecke liegen, wenn man sich hinlegen möchte.

Stänker und Querulanten bemängeln unaufhörlich die ewigen Baustellen und Absperrungen, die den Stadtverkehr immer wieder zu Riesenumleitungen nötigen. Sie seien meistens eine himmelschreiende Zumutung für den Bürger. Diese Kritik ist jedoch totaler Schwachsinn, wenn man bedenkt, dass eine Umleitung einem die Riesenchance bietet, seine Stadt endlich mal besser kennen zu lernen.

Auch gibt es unverfrorene Panikmacher, die immerfort etwas von einem der City bevorstehenden Verkehrskollaps erzählen. Diesen Miesepetern sei hiermit klar gemacht: Mit dem Auto kommt man in unserer Stadt besser denn je voran! Von meiner Wohnung bis zum Flughafen sind es beispielsweise bestimmt mindestens drei, vier Kilometer, aber die lege ich jederzeit in nur vier, fünf Stunden zurück. Bis auf die Rush Hour, da brauche ich natürlich ein paar Stunden länger, weil dann der ganze Verkehr absolut still steht. In solchen Fällen nehme ich manchmal die U-Bahn oder den Bus. Die sind dann aber immer so rappelvoll, dass sogar die Jugendlichen stehen müssen!

Das ist aber auch der einzige Nachteil der Großstadt, und daher finde ich es unheimlich schade, dass ich in einigen Tagen hier wegziehen muss, und zwar aufs Land. Das tue ich aber nur meiner Frau zuliebe, weil sie das schöne Großstadtleben überhaupt nicht mehr schön findet. Dadurch bin ich jetzt freilich ganz schön frustriert. Doch andererseits bin ich auch guter Dinge, denn ich habe nun eine Superidee: Nach dem Umzug aufs Land lasse ich mich sofort scheiden, damit ich sodann völlig frei und ungehindert wieder in meine geliebte Großstadt zurückkehren kann.

Der perfekte Ehemann

In einigen fernöstlichen Ländern gibt's auch heute noch die arrangierte Ehe, in welcher die künftigen Ehepartner sich vor der Hochzeit niemals zu Gesicht bekommen. In den westlichen Ländern hingegen sieht es ganz anders aus: Da kriegen sich viele Ehepartner erst nach der Hochzeit so gut wie nie zu sehen. Denn Karriere, Überstunden, Seitensprünge und andere Hobbys nehmen oft fast die ganze Zeit in Anspruch, und so ist es dann auch überhaupt kein Wunder, wenn die Liebe langsam aber sicher auf der Strecke bleibt. Das ist ein echtes Problem!

Auch meine Frau machte sich diesbezüglich unlängst Sorgen. Sie sagte mir, sie sei besorgt über meine absolute Gleichgültigkeit ihr gegenüber und forderte mich zu einem ernsthaften Gespräch über unsere Ehe auf. Gerne, willigte ich ein, aber erst dann, wenn die Werbung läuft. Als meine Frau dann am Ende des Fußballspiels aber schon längst schlief, merkte ich, dass sie unsere Ehe überhaupt nicht ernst nahm.

Eine Einstellung, die offensichtlich symptomatisch für unsere oberflächliche Zeit ist. Und so darf es uns natürlich nicht wundern, wenn die Anzahl der Scheidungen in den letzten Jahren schwindelnde Höhen erreicht hat. Um so stolzer bin ich daher zu sagen, dass mir die Ehe als Institution unheimlich wichtig ist! Ich habe deswegen bisher nicht nur einmal, sondern sogar dreimal hintereinander in kürzester Zeit geheiratet.

Und darüber hinaus habe ich immer dafür gesorgt, neben der Ehe mindestens noch eine zusätzliche langfristige Beziehung zu führen. Das war mir besonders wichtig in einer Zeit, wo die meisten total bindungsunfähig dauernd den Partner wechselten.

Es war jedoch nicht immer einfach, gegen den Strom zu schwimmen! So musste ich mir beispielsweise dieses Jahr wiederholt ganz tief in die Tasche greifen, um eine Alibi-Agentur zu bezahlen, damit sie mir im Namen diverser Firmen fingierte Einladungen zu verschiedenen Tagungen und Kongressen zuschickte. Ich dachte dabei natürlich nur an meine Frau, der ich unnötige Sorgen über meine regelmäßigen Abwesenheitszeiten ersparen wollte.

Dies wusste sie aber leider ganz und gar nicht zu schätzen. Statt sich einfach nur dankbar zu zeigen, störte sie immer wieder streitsüchtig den Familienfrieden, indem sie mich wiederholt der Untreue bezichtigte. Und ungeachtet des Datenschutzes kon-

trollierte sie neulich sogar die SMS-Mitteilungen in meinem Handy. „Habe mich gerade auf dem Klo eingeschlossen. Wäre gerne bei dir“, so meine zuletzt gesendete Botschaft, die sie im Handy-Speicher auftrieb. Sie regte sich furchtbar darüber auf, obwohl diese Nachricht gar nicht für sie gedacht war.

Jetzt möchte sie sich sogar von mir scheiden lassen. Was tun, um diese plötzliche Ehekrise zu überwinden? Mein Freund Alfred gab mir da einen Tipp: Er und seine Frau hätten auch immer wieder schwerwiegende Eheprobleme gehabt, doch nun wäre alles wieder bestens, denn sie würden bald umziehen: sie nach Hamburg, er nach Berlin.

Aber auf ein derartiges Fluchtverhalten möchte ich mich erst gar nicht einlassen. Ich werde mein Bestes tun, um diesen beängstigenden Konflikt in meiner Ehe zu lösen, und zwar sofort. Also, wenn meine Frau die Scheidung will, dann kann sie sie gerne umgehend haben. Soll sie doch ohne mich leben, wenn sie so bindungsunfähig ist. Ich habe die Nase voll von Frauen! Ich mache die nächsten Flitterwochen allein.

Die Lehrer

Ich schreibe diesen Brief als zutiefst besorgter Vater, der darauf hinweisen möchte, wie arg es um das Bildungswesen in unserem Lande bestellt ist. Denn die Schule ist nicht mehr das, was sie einmal war, das haben bereits die katastrophalen Ergebnisse der Pisa-Studie verdeutlicht. Nichtsdestotrotz hat sich bis heute gar nichts im Erziehungswesen geändert. Daher, meine ich, müssen jetzt weit und breit alle Lehrer endlich Farbe bekennen und sich eine wichtige Frage gefallen lassen: Was habt ihr unseren Kindern angetan? Viele von ihnen beherrschen nicht einmal das Einmaleins, zumal sie in der Grundschule nie richtig dividieren gelernt haben, vom Kalkulieren und Subtrahieren ganz zu schweigen.

Bei solch krasser, weit verbreiteter Ignoranz kann es hierzulande nur noch bergab gehen! So hat das statistische Bundesamt ermittelt, dass die Inflationsrate zurzeit 0,3% beträgt, was genau stimmt, denn im Vergleich zu früher habe ich am Ende des Monats ein Drittel weniger Geld in der Tasche.

Mangelnde Grundkenntnisse, ja, schleichender Analphabetismus sind Phänomene, die übrigens nicht nur Deutschland zu schaffen machen. Man schlägt sich weltweit damit herum. So stellte ich zum Beispiel bei meinem letzten Kegelklub-Ausflug in London fest, dass alle Engländer, mit denen ich zu kommunizieren versuchte, gänzlich unfähig waren, ihre eigene Muttersprache zu verstehen. Was die Situation für uns dennoch nicht besser macht. Wir müssen endlich lernen, uns an die eigene Nase zu packen! Wieso machen wir uns zum Beispiel über das Unwissen der Amerikaner, die keine Ahnung haben, wo Deutschland liegt, lustig, zumal die meisten unserer Kinder nicht einmal unsere unmittelbaren Nachbarländer wie Bayern, Italien oder Mallorca zu nennen imstande sind?

Die Wissenschaft machte im letzten Jahrhundert Fortschritte wie nie zuvor, von denen wir täglich profitieren, aber nicht mal das hat man unseren Kindern in der Schule beigebracht! So wusste mein Sohn gestern nicht einmal, wer Alfred Einstein war! Dabei dürfen wir nicht vergessen: Ohne die Erfindung der Lichtgeschwindigkeit hätten wir heute immer noch keinen Strom, und wir müssten abendlich stundenlang im Kerzenlicht fernsehen. Wie der primitivste Höhlenmensch!

Ja, mit unseren Schulen stimmt es hinten und vorne nicht! Die Prügelstrafe wurde zwar längst abgeschafft, jedoch angesichts der stressigen Unterrichtssituation gibt es in letzter Zeit immer wieder Fälle, in denen überforderte Schüler ausrasten und ihre nervenden Lehrer verprügeln. So kann es nicht weitergehen! Diese Lehrer werden anschließend meistens krankgeschrieben, was zu massiven Unterrichtsausfällen führt, wodurch man die Kinder dann frühzeitig nach Hause schickt. Dort müssen sich dann die Eltern mit ihnen herumschlagen. Da wird man also noch fragen dürfen: Wofür werden denn die Lehrer überhaupt noch bezahlt?

Was besonders alarmierend ist: Kaum jemand spricht bei uns noch richtig Deutsch. Und trotzdem werden unsere Kinder täglich in der Schule gezwungen Romane und Gedichte von längst verstorbenen Autoren wie Goethe und Schubert, Heine, Händel und wie-sie-alle-heißen zu lesen. Wann bleibt ihnen denn da noch Zeit zum Deutschlernen übrig?

Neulich erwischte ich meinen Sohn dabei, wie er ein merkwürdiges Buch mit dem Titel „Die Blechtrommel“ las. Er sagte, das sei obligatorische Ferienlektüre in Deutschunterricht. Dabei muss sich der Deutschlehrer, die Frage gefallen lassen: Warum gerade dieses Buch über ein so altmodisches Spielzeug?! Es gibt doch genügend Werke über Videospiele und andere Hightech-Spielsachen, aus deren Handhabung man für die heutige Arbeitswelt dringend Nötiges lernen kann, zum Beispiel, wie man seine Konkurrenten ausschaltet und sich im modernen Alltag effektiv durchsetzt.

Unter dem Strich: Unser Erziehungswesen benötigt dringend eine radikale Reform, und die ist nur dann möglich, wenn unsere Lehrer endlich selbst etwas begriffen haben: Nämlich realistisch zu sein und die Schüler auf die Welt von Morgen vorzubereiten. Denn wie heißt es so schön: Nicht für die Schule leben wir, sondern für das Lernen!

Der Büchernarr

Der Bericht mit der Überschrift „Das Buch heute“, den Sie gestern in Ihrer Zeitung veröffentlichten, stieß bei mir auf großes Interesse, denn ich bin ein ausgesprochener Büchernarr, ja, ich liebe Bücher über alles. Leider komme ich wegen des Internetsurfens und Fernsehens erst spät am Abend zum Lesen. Wenn ich dann aber ein gutes Buch in den Händen halte, schlafe ich im Handumdrehen absolut glücklich ein.

Wenn ich mit dem Auto unterwegs bin, dann höre ich gerne und oft Hörbücher. Dabei ist mir völlig egal, ob es sich zum Beispiel um einen Krimi, einen Liebesroman oder Memoiren handelt, zumal ich wegen der vielen ewig andauernden Verkehrsdurchsagen und des Telefonierens mit dem Handy den Hörbuchinhalt sowieso gar nicht mitkriege.

Wenn es um ein Buch geht, ist jedoch nicht nur der Inhalt wichtig, sondern auch was es optisch hermacht. Bei einem Hörbuch gibt es leider kaum etwas zu sehen, doch Bücher aus Papier kann man jederzeit ins Regal stellen, und dort fallen sie dann positiv auf. Bücher ab 300 Seiten sind da meine absoluten Favoriten. Bei deren Ansicht weiß der aufmerksame Gast sofort: „Aha! Hier wohnt ein wahrer Bücherfreund! Der Mann hat was drauf“

Für gute Bücher könnte ich mein ganzes Geld ausgeben, wenn sie nur nicht zu teuer wären! Aber was soll’s! Zum Glück gibt es außer Buchhandlungen auch noch Büchereien. Und so gehe ich halt in die Bücherei, wenn mir nach einem guten Buch zumute ist. Ich kann Ihnen also nur voll zustimmen, wenn Sie in Ihrer Zeitung schreiben, das Schließen der Bücherei in unserem Stadtviertel sei ein absoluter Skandal. Da haben Sie völlig Recht!

Diese Bücherei war und bleibt unersetzlich: Sie erfreute sich regen Besuches, bei der Bücherausgabe stand man fast immer Schlange, und die beiden netten Bibliothekarinnen, die dort arbeiteten, waren derart gestresst, dass ich sie nicht auch noch in Anspruch nehmen wollte. Wenn mir ein Buch gefiel, nahm ich es einfach mit, ohne sie dafür extra zu stören. So habe ich mir im Laufe der Zeit eine kleine, aber feine Hausbibliothek aufgebaut, die ich aber sehr gerne noch vergrößern möchte.

Daher beklage ich natürlich genau so wie Sie, dass die erwähnte Bücherei vor einer Woche dicht machen musste. Wenn Sie aber meinen, dass die Politiker für dieses Desaster verantwortlich seien, tun Sie ihnen damit großes Unrecht! Politiker haben mit Büchereien und Büchern absolut nichts am Hut. Für so etwas haben sie keine Zeit, weil sie ja dauernd regieren müssen. Die Schuld liegt viel mehr bei den zahlreichen Lesern, die, wie ich beobachten konnte, die Ausleihfrist wiederholt verlängert oder sogar so dreist überschritten haben, dass ich an einige Titel wochenlang gar nicht rankam! Und nicht nur einmal musste ich Randnotizen, dumme Unterstreichungen oder gar Eselsohren wegmachen, bevor ich eins dieser Bücher guten Gewissens in meine eigene Bibliothek aufnehmen konnte. Wen wundert's also, dass bei derart rüpelhaftem Leserverhalten unsere Bücherei langsam aber sicher den Bach runter gegangen ist?

Bevor also wieder über die Politiker geschimpft wird, sollten sich einige Leute lieber an die eigene Nase packen und fragen, ob sie selbst nicht vielleicht etwas falsch gemacht haben.

Mit besten Grüßen,
ein Büchernarr

Der Pünktliche

Umfragen belegen den Trend: Pünktlichkeit ist wieder in, was mich natürlich sehr freudig stimmt, denn ich bin ein überaus pünktlicher Mensch. Schade nur, dass es keiner merkt, zumal die anderen immer viel zu spät zu den vereinbarten Terminen eintreffen.

Ich lasse mich jedoch durch solch bedauerliche Situationen nicht beirren und erscheine auch weiterhin bei jedem Treff absolut pünktlich, vor allem, weil ich des Öfteren mal gerne eine Weile allein sein möchte und es besonders mag, in aller Ruhe über mein Leben nachzudenken. Das kann ich mir freilich nur in den Fällen, wo ich auf jemanden warte, leisten, denn sonst stehe ich ja immer unter Termindruck und bin nur noch damit beschäftigt, meine überaus zahlreichen Meetings und Dates absolut pünktlich wahrzunehmen.

Apropos Termindruck! Sonntag früh um Punkt sieben fliegen meine Frau und ich zur Erholung nach Teneriffa.

Wir müssen zwei Stunden vor dem Abflug, also bereits um fünf bei der Abfertigung vorstellig werden, so lautet die Anweisung der Fluglinie. Es wird ganz schön anstrengend, zumal meine Frau, die immer Angst hat, sich zu verspäten, mindestens drei Stunden früher am Flughafen erscheinen möchte. Das finde ich reichlich übertrieben, doch andererseits ist es auch nicht ganz falsch, denn je früher man bei der Gepäckabfertigung eintrifft, desto schneller erfährt man, um wie viel Zeit sich der Abflug verspätet.

Doch nicht nur am Flughafen, sondern egal wohin sie geht, ist meine Frau völlig darauf fixiert, wesentlich früher als nötig dort aufzukreuzen. Offensichtlich hat sie da einen kleinen Fimmel: Sie ist überpünktlich, und wie uns die Psychoanalyse überzeugend klar macht, handeln überpünktliche Menschen stets unter Zwang. Sie befürchten rund um die Uhr, etwas falsch zu machen, was ihnen logischerweise das Leben auf die Dauer ganz schön zur Hölle macht.

Diejenigen wiederum, die ewig zu spät kommen, haben es auch nicht leicht, denn sie unterliegen offenbar dem unterbewussten Zwang, auf Teufel komm raus zu provozieren und als frech und unhöflich zu gelten, was ihnen in den meisten Fällen ja auch vorzüglich gelingt. Das muss man ihnen auf jeden Fall lassen.

Pünktliche Leute wie ich haben es aber am allerschwersten: Sie wollen alles perfekt hinkriegen, was

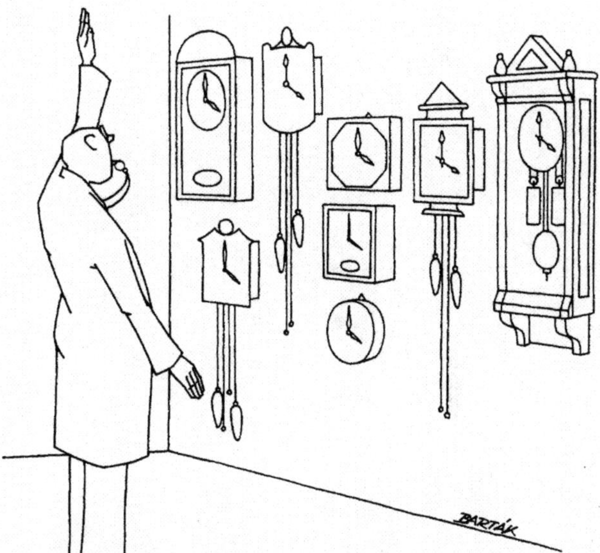
BARTÁK

natürlich ganz konsequent daneben geht. Und außerdem muss man als pünktlicher Mensch alle Nase lang auf die Uhr schauen, um jeglichen Termin haarscharf einhalten zu können. Das ist superstressig und dazu auch noch falsch, denn wie bereits der antike Philosoph Diogenes feststellte, ist die Uhr einzig und allein dazu da, um an die Mahlzeiten zu erinnern.

Mit der Uhr habe ich sowieso ein Problem: Oft höre ich morgens leider nicht, wenn der Wecker schellt, weil ich dann noch schlafe. Und obwohl ich ja ein sehr pünktlicher Mensch bin, komme ich an solchen Tagen immer zu spät.

Doch apropos Wecker! Ab Sonntag tritt die Sommerzeit ein, da muss ich bald noch früher als bisher aufstehen. Aber da habe ich eine Idee: Wenn ich den Wecker am Samstag an einem möglichst entfernten Ort verstecke, dann kann ich so lange schlafen, wie ich will. Aber nur dann, wenn meine Frau mich nicht weckt. Was ich jedoch nicht glaube, denn sie möchte ja, wie gesagt, schon um vier Uhr früh am Flughafen sein. Da ist der Krach bereits vorprogrammiert.

Grizzlybär_34 oder
Liebe auf den ersten Klick

Es passierte im Mai. Ich sehnte mich wie noch nie zuvor nach der wahren Liebe, und so klickte ich mich ins Internet ein, und zwar bei einer liebesglückverheißenden Adresse: Find2gether

Voller Hoffnung begab ich mich ins Love-Chat, wo ich mir ein passendes Pseudonym zulegte: Grizzlybär_34. Grizzlybär, weil ich groß und stark wie ein Grizzlybär bin. Und 34, weil ich in Wirklichkeit 34 cm kleiner bin, als ich im Chat angegeben habe. Also, eigentlich bin ich 1,55 m groß. Aber das ist jetzt auch egal, denn in der wahren Liebe gehts ja schließlich nicht um die Größe des Körpers, sondern um die des Herzens.

Unter 30.000 coolen, nach Liebe hungernden Frauen, die alle megascharf auf mich waren, fiel sie mir sofort auf. Sie hieß Linda Hot, und hatte nicht bloß einen heißen Namen, ihr Brustumfang war mindestens zweimal größer als ich es zu träumen gewagt hätte. Sie war ein Superweib!

Anfangs habe ich mir ein bisschen Sorgen gemacht, dass ich vielleicht nicht ihr Typ sein könnte und so. Doch als ich ihr dann mein digitales Foto zumailte, gab es bei ihr kein Halten mehr. Sie fand mich affengeil. Obwohl das eigentlich gar kein Digitalfoto von mir, sondern eins von Jean-Claude van Damme war. Aber das war jetzt auch egal. Denn es ging ja hier gar nicht ums Aussehen, sondern um wahre Liebe, also ums Herz. Und ich habe ein Riesenherz, da passen eine Menge Frauen hinein.

Um auf den Punkt zu kommen: Wir haben uns ineinander verknallt. Sofort. Es war Liebe auf den ersten Klick, ich schwöre es! Und das sparte uns eine Menge Zeit.

„Grizzlybär_34 I love you! Let's go to bed 2gether!", mailte sie mir praktisch direkt nach dem Kennen lernen. Dann ging es Schlag auf Schlag: Linda und ich klickten uns hastig in ein Erotik-Separée ein, dort ging's dann rund. Eine so geile Frau habe ich noch nie gehabt! Ich wurde förmlich vom Computerscreen aufgesaugt und wusste nicht mehr, was auf meinem Keyboard oben und unten war. Es ging die ganze Nacht nonstop durch. Ich habe mir das zwar etwas kosten lassen, aber es war weitaus mehr als die neunhundert Euro wert.

An Verhütung habe ich dabei überhaupt nicht gedacht. Wir haben zwar das ganze Programm abgezogen, aber es lief ja alles rein virtuell ab. Doch

BARTÁK

jetzt halten Sie sich bitte fest: Sie ist trotzdem von mir schwanger geworden. Sie ließ es mich durch eine E-Mail wissen. Die schickte sie mir genau drei Tage nach dem One-Night-Stand zu. Ich starrte den Bildschirm an und traute meinen Augen nicht. Was heute internetmäßig so alles möglich ist!

Die Nachricht haute mich fast vom Computerstuhl, aber ich durfte jetzt natürlich nicht den Kopf verlieren. Meine Cleverness war gefragter denn je.

Ich überlegte: Ans Heiraten war gar nicht zu denken, denn ich bin ja bereits verheiratet. So hatte ich jetzt nur noch die Wahl zwischen einer einmaligen Abfindung von zehntausend Euro, die ich Linda innerhalb einer Woche hätte online überweisen müssen, oder Alimente zahlen. Und zwar Monat für Monat, bis das Blag volljährig gewesen wäre.

Alimente! Ich bin doch nicht blöd! Ich zahlte natürlich die Abfindung. Das Geld dafür zu besorgen, war absolut kein Problem. Ich verkaufte das Auto meiner Frau, und damit sie keinen Verdacht schöpfte, meldete ich es bei der Polizei als geklaut.

Dann überwies ich Linda die zehntausend Euro und machte auch gleich Schluss mit ihr. Keine Lust auf Frauen mit Nachwuchs.

Forget it! War diesmal wohl nichts. Aber irgendwie bin ich jetzt trotzdem total optimistisch. Linda ist ja nicht die einzige Frau auf der Welt! So gibts beispielsweise allein bei Find2gether außer ihr noch 29.999 andere Frauen. Und die sind alle immer noch megascharf auf mich. Denn wie heißt es so schön: Wahre Liebe stirbt nie und nimmer!

Der geborene Manager

Ich heiße Lothar. Ich bin der geborene Manager. Und Unternehmer! Schon mit vier Jahren gründete ich zusammen mit meinem Vater eine Firma! Es war nur zum Spiel, okay. Aber als mein Vater nicht mehr mitspielen wollte, sagte ich todernst zu ihm: „Du bist gefeuert!“ Und ich setzte ihn vor die Kinderzimmertür.

Als ich 18 war, durfte ich endlich eine richtige Firma gründen. Meine ganze Familie arbeitete in dieser Firma mit, so dass ich mit 19 meinem Vater diesmal richtig kündigte. Vater hin, Vater her, er war leider viel zu alt geworden! Er ging langsam auf die 46 zu und war bis zu zwei Tagen im Jahr krank! Außerdem machte er tag-täglich eine zehnminütige Frühstückspause!

Und meine Mutter? Nach der Entlassung meines Vaters sprang sie aus dem Balkon. Das habe ich der Frau nie verziehen! Man verlässt seinen Partner nicht, nur weil er so kläglich versagt hat!

Mit 20 wurde ich ein Global Player. Durch diverse Joint Ventures übernahm ich 231 Firmen. Weltweit. Ich hatte 28.927 Beschäftigte. Aus denen machte ich 312. Stichwörter: Sanieren. Wegrationalisieren. Umstrukturieren. Aber jetzt hatte ich ein gesundes Unternehmen! Es folgte noch im selben Jahr eine Phase des aggressiven Wachstums. Effizienzsteigerung! Investition! Promotion! Innovation! Competition! Fusion! Expansion! Neue Börsenemissionen! 112.876 Mitarbeiter!

Mit 21 Jahren gelang mir der definitive Durchbruch. Es war der absolute Hammer! Ich entwickelte ein neues Optimierungssystem. Noch am selben Tag folgte seine Implementierung, wodurch sich das Arbeitstempo noch in derselben Woche verzehnfachte! Es ging alles Schlag auf Schlag! Der helle Wahnsinn! Ich musste 2111 Roboter beschäftigen, die teils auf die Produktion, teils aufeinander aufpassten! Da kam kein Mensch mehr mit! Also musste ich absolut allen menschlichen Beteiligten kündigen. Es gab natürlich auch einen hoch leistungsfähigen Chef-Roboter, also kündigte ich auch mir selbst.

Eine Abfindung war nicht drin! Der Chef-Roboter war knallhart und ließ da überhaupt nicht mit sich reden.

Ich war also noch keine 22, als ich auf der Straße landete.

Jetzt stehe ich hier herum. Besser gesagt, meistens sitze ich auf dem Gehsteig und widme mich der Forschungsarbeit. Ich habe mich kurzfristig umorientiert. Ein Top-Manager muss in jeder Situation...!

Sie verstehen! Bei meinen Forschungen habe ich Folgendes festgestellt: Wenn man einen Hut mit der Krempe nach oben neben sich auf den Boden stellt, dann werfen einige vorbeigehende Passanten ab und zu eine Münze hinein. Das ist echtes Geld! Wenn man optimal vorgeht, kann man irgendwann reich werden!

Der Haken an der Geschicht': Mit einem einzigen Hut geht es leider viel zu langsam. Ich denke, ich habe in meinem Leben etwas falsch gemacht! Ich hätte von Anfang an eine Hutfabrik gründen müssen!

Der Depressive

Ich bin mehr so der depressive Typ. Ich kann über gar nichts lachen. Im Augenblick habe ich den totalen Durchhänger.

Aber nicht nur im Augenblick. Es geht mir schon die ganze Zeit über hundsmiserabel. Ich sehe immer alles nur noch schwarz, male den Teufel permanent an die Wand, ich blase Trübsal rund um die Uhr.

Ich bin der menschliche Supergau. Alles, was mir in die Quere kommt, ziehe ich runter. Meine unüberwindbaren Tiefs und meine miese Laune sind so ansteckend, dass jeder, der in meine Nähe kommt, sich nach spätestens drei Minuten restlos unglücklich fühlt.

Aber das ist auch gut so! Das ist okay! Ich bin heilfroh, dass ich so unglücklich bin. Wozu braucht man denn überhaupt Glück?

Zum Beispiel Bernhard: Der war dreimal glücklich verheiratet. Und was hat er jetzt davon? Er muss den Unterhalt für drei Frauen und sechs Kinder zahlen.

Oder zum Beispiel Bruno: Er war einmal überglücklich, denn er hatte eine Million im Lotto gewonnen. Aber danach konnte er nachts nicht mehr schlafen, weil er eine Heidenangst um sein Geld hatte. Dann investierte er alles an der Börse, doch der Crash folgte auf dem Fuß. Jetzt hat er eine schwere Depression. Aber das ist auch gut so! Das ist doch prima!

„Ist doch schön, dass du jetzt eine Depression hast, freu dich doch drüber!“, hab ich zu Bruno gesagt. „Das Glück geht ratzfatz vorüber, aber so eine schwere Depression ist etwas total Verlässliches! Und wenn du deine Depression sorgfältig pflegst, dann könntest du sie, wenn es gut geht, vielleicht sogar bis zu deinem Lebensende behalten!“

Aber ich bin überhaupt nicht an Bruno rangekommen. Er hat total abgeblockt, es war wirklich ganz schlimm mit ihm.

„Ich will mich wieder freuen können, ich brauche das Glück!“, wiederholte er immer wieder. Dem ist wirklich nicht mehr zu helfen, jetzt macht er sogar eine Therapie! Wenn er Glück hat, könnte er wieder auf die Beine kommen. Ich drücke ihm also die Daumen, dass es voll daneben geht, das wünsche ich von ganzem Herzen!

Glück. Glück kannst du doch in der Pfeife rauchen! Glücksgeschichten gehen immer schlecht aus.

Ich bin mehr so der depressive Typ. Ich kann über gar nichts lachen. Aber das ist auch okay so! Damit kann ich ganz gut leben, nicht wie Wolfgang. Der steckte in einem absoluten Tief und wollte unbe-

BARTÁK

dingt lernen, wieder zu lachen. Deswegen belegte er sogar ein Lachseminar an der Volkshochschule: Lachen für Anfänger, im ersten Halbjahr, Lachen für Fortgeschrittene, im zweiten Halbjahr. Unter fachlich-kompetenter Anleitung eines gewissen Dr. Cheese.

Jetzt ist Wolfgang VHS-anerkannter Diplomlacher. Er beherrscht sein Handwerk wie 'ne Eins, dass muss man ihm lassen. Das Problem dabei ist nur: Er hat überhaupt keinen Grund zum Lachen, und damit es trotzdem klappt, muss er sich dabei immer so unheimlich anstrengen. Aber er kriegt es trotzdem ganz gut hin, das muss man ihm lassen.

Die besten Lacher liefert Wolfgang immer dann ab, wenn ihm keiner dabei zusieht. Also, deswegen lacht Wolfgang grundsätzlich immer nach Dienstschluss zwischen 19 und 21 Uhr bei sich zu Hause, in einem leeren Raum, den er sorgfältig abschließt.

Seine Frau ist in dieser Zeit ganz auf sich allein gestellt und muss ohne ihn fernsehen. Daher ist sie natürlich stocksauer auf Wolfgang, und sie spielt jetzt sogar mit dem Gedanken, ihn hochkantig aus der Wohnung zu werfen. Dann wäre Schluss mit lustig! Aber genau das bräuchte der Wolfgang! Was soll das ganze Affentheater? Man sollte mit dem Lachen erst gar nicht anfangen!

Allen Ernstes: Mir könnte so was niemals passieren! Ich lache nie.

Hat da jemand gelacht?

Okay, das war ja in Ordnung. Bald wird er nicht mehr lachen.

Doktor Blitzmann

Ich heiße Blitzmann. Doktor Blitzmann. Bin Doktor der Medizin mit noch gut gehender Praxis. Ich soll hier - gegen Honorar selbstverständlich - einen Vortrag über meine Tätigkeit halten. Das Problem dabei: Ich habe kaum Zeit für diesen Vortrag, denn es sind drei volle Minuten dafür vereinbart. Um es auf den Punkt zu bringen: Ich muss in diesen Vortrag wesentlich mehr Zeit als in eine gründliche Untersuchung investieren.

Die Öffentlichkeit hat ja keine Ahnung, was ein Arzt heute alles leisten muss, um zu überleben. Die Patienten haben es gut: Sie sitzen stundenlang einfach nur tatenlos im Wartezimmer herum und warten. Und der Arzt? Um von Anfang an den Finger auf die Wunde zu legen: Der Arzt, der heute weniger als 26 Patienten pro Stunde erledigt, ist nicht effektiv. Der soll lieber Klempner werden.

Tick, tick, tick. Time is Money, mehr brauch ich da wohl nicht zu sagen!

Ich habe eine ganz einfache Rechnung gemacht: Im Falle meiner Praxis verliere ich bei jeder nicht effizient genutzter Minute 2,73 Euro. Das ist nix für schwache Nerven! Lassen wir uns das mal durch den Kopf gehen! Aber nicht zu lange, weil es sonst verdammt teuer wird.

Die Zeiten, wo man sich als Arzt noch den exorbitanten Luxus von zwei bis drei fünfminütigen Beratungsgesprächen pro Tag leisten konnte, sind endgültig vorbei. Over! Da habe ich auch einen kleinen Tipp für Traumtänzer: Wer heute noch einen Arzt erleben möchte, der ihm liebevoll in die Augen schaut, der sollte unbedingt mal ins Kino gehen und sich Doktor Schiwago ansehen, der Film läuft ja jetzt wieder. Als Remake für romantische Spinner! Ich muss diagnostizieren, akupunktieren, radiographieren, bestrahlen und operieren! Darüber hinaus heißt es: Gutachten erstellen. Das Personal kontrollieren. Und wenn für andere schon längst Feierabend ist: mich in Schale werfen und repräsentieren.

Natürlich habe auch ich so etwas wie Mitgefühl! Aber doch nicht mit den Patienten, wie soll ich mir denn sowas leisten? Für einen Patienten habe ich im Durchschnitt 1'11'' zur Verfügung und für Privatpatienten 1'59'', mehr nicht. So was kann doch gar nicht gut gehen, es sei denn ich untersuche mehrere Patienten gleichzeitig, was ich logischerweise auch tue. Ich muss zwischen fünf Kabinen hin und her laufen, da kommt schon mal vor, dass ich die Krankheit des einen mit der des anderen verwechsle und entsprechend behandle, aber was soll's! Ist doch

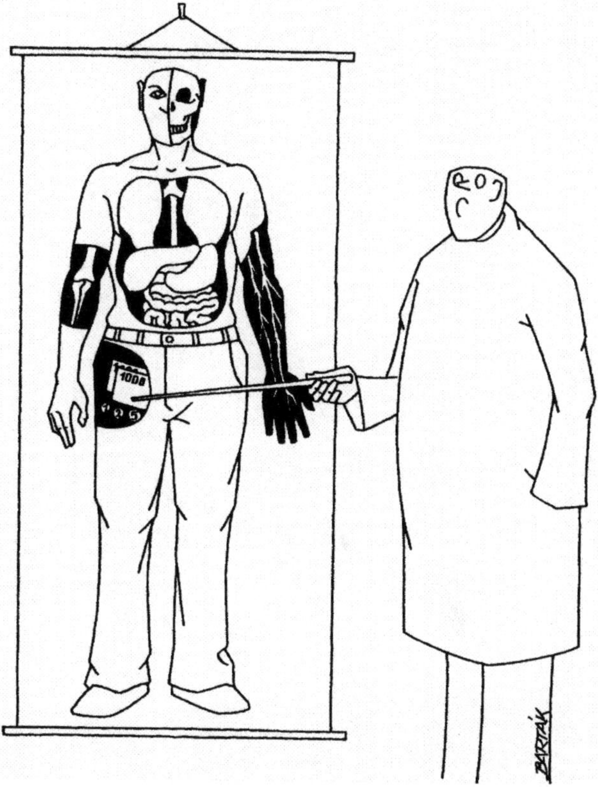
BARTÁK

egal, woran man leidet, am Ende muss man so oder so den Löffel abgeben. Heute muss man global denken, wer hat denn heute noch Zeit für feine Unterschiede?

So! 2'57''... 58... 59. Das war's! Ab nun bezahlt mich kein Schwein mehr.

Ich gehe jetzt, die Patienten warten.

Der Nikolaus,
der Weihnachtsmann
und die EU

Mein Name ist Hans Strebermann, ich bin ein deutscher EU-Beamter mit Wohnsitz in Brüssel und Köln. Aus Anlass des Nikolaus-Tages habe ich mir kürzlich nicht nur über den Nikolaus, sondern auch über Knecht Ruprecht und den Weihnachtsmann einige Gedanken gemacht und stellte dadurch fest, dass diese drei Figuren der Idee von einem neuen vereinten Europa hinten und vorne nicht mehr entsprechen. Es sind folgende Punkte zu beanstanden:

1. Die EU-Länder haben es bis heute nicht geschafft, sich darüber zu einigen, a.) woher der Weihnachtsmann und Nikolaus überhaupt herkommen, und b.) mit welcher Art Transportmittel sie ihre Reise zu den Kindern durchführen.

So halten die Kinder in der Bundesrepublik und in Großbritannien nach einem Mann Ausschau, der mit einem großen Schlitten aus dem Wald eintrifft, niederländische Kinder schauen aufs Meer hinaus, wo sie Sinterklaas dort auf seinem Schiff aus Spanien erwarten, in Skandinavien wiederum richten sich die Blicke zum Himmel, weil der Erwartete auf einem Rentier-Schlitten durch die Luft geflogen kommt!

So geht es wirklich nicht weiter! Es wird hiermit die Einberufung einer EU-Kultusminister-Konferenz vorgeschlagen, die über Herkunftsort und Vehikel vom Nikolaus und Weihnachtsmann Konsens schaffen soll. Das könnte natürlich einige Jahrzehnte dauern, aber besser später als nie!

2. Knecht Ruprecht wird in Deutschland nicht nur als Knecht Ruprecht, sondern auch als Ruprecht, Knecht Nikolaus, Nickel, Pelznickel oder Hans Muff bezeichnet; in Österreich heißt er gar Krampus und im Elsass Hans Trapp! Das zeugt von breiter Uneinigkeit und Verwirrung, sodass es daher als durchaus sinnvoll erscheint, europaweit eine neue gemeinsame Bezeichnung für diese Figur einzuführen, z.B. Ruprecht-Trapp-Krampus-Muff. (Dass solche Namen erfolgsversprechend sind, hat bereits Frau Leutheusser-Schnarrenberger reichlich bewiesen.)

3. Beobachtete man langfristig die Rute, die Knecht Ruprecht mit sich führte, konnte man mit Befremden feststellen, dass ihre Maße von Jahr zu Jahr auf unberechenbare Weise variierten: mal war sie etwas länger und dicker, mal etwas kürzer und dünner. So etwas brachte einen ganz schön durcheinander! Daher folgender Optimierungsvorschlag: Es sind für Knecht Ruprechts Rute sinnvolle EU-

Normen einzuführen. Sie soll a.) nicht kürzer und b.) auch nicht länger als 58,24 cm sein. Ihr Durchmesser soll 1,893 cm betragen.

4. Weitere in diesem Sinne erdachte EU-Normen: Die Krempe des Nikolaushutes soll, überall wo er auftritt, nach folgender Formel bemessen werden: Dreimal die Länge der Nikolausnase hoch zwei. Der Abstand zwischen der Hutkrempe und den Ohren des Nikolaus' soll ein Drittel der Breite der Hutkrempe nicht überschreiten.

5. Der Einsatz von Nikoläusen, Knecht-Ruprechten und Weihnachtsmännern mit Segelohren soll bei starkem Wind wegen Take-Off-Gefahr in ganz Europa künftig völlig untersagt werden.

6. Ich bin eifrig dabei, neue europaorientierte Bestimmungen auch bezüglich der Osterhasen-Ohren auszuarbeiten. Sie werden im nächsten Frühjahr vorgelegt. Schöne Feiertage!

Hans Strebermann, Brüssel

Heilige und Scheinheilige

Wodurch unterscheidet sich ein Heiliger von einem Scheinheiligen?

Im Gegensatz zu den Scheinheiligen sind die Heiligen alle längst tot. Daher gehen viele Menschen in die Kirche und suchen dort die Begegnung mit ihnen im Gebet.

Was aber Scheinheilige betrifft, betet man eher, dass man ihnen nicht begegnet, doch man trifft sie leider trotzdem auf Schritt und Tritt.

Man erkennt einen Scheinheiligen daran, dass er im Unterschied zu einem Heiligen nie einen Schein über dem Kopf hat, sondern höchstens einige Scheine im Portemonnaie. Manchmal behauptet er jedoch, sein Portemonnaie sei leer, aber das nur zum Schein, damit man die Rechnung für ihn bezahlt.

Besonders an den Weihnachtstagen, wenn die Großfamilie, ob sie es will oder nicht, endlich wieder zusammenkommt, hat Scheinheiligkeit Hochkonjunktur, denn sie führt zu einem liebevollen

Umgang miteinander. Und zwar solange, bis es dann doch noch kracht. In genau einem Jahr ist dann aber alles wieder gut, denn Weihnachten ist auch ein Fest der Versöhnung, ob man diese Versöhnung nun will oder nur so scheinheilig tut.

Man kann vor Scheinheiligen nicht genug warnen! Vor allem auf der ganz persönlichen Beziehungsebene können sie einem besonders stark zusetzen! So gaukelte mir meine Frau beispielsweise jahrelang scheinheilig absolute Treue vor, bis ich sie eines Morgens plötzlich stellte. „Wo hast du denn die Nacht verbracht?“, fragte ich sie, als sie erst um 10 Uhr früh nach Hause kam. „Bei meiner Freundin Annie.“ Daraufhin reichte ich empört die Scheidung ein, denn das konnte gar nicht sein: Mit Annie war zufällig ich die ganze Nacht zusammen gewesen.

Scheinheilige gibt's freilich auch im Kulturbetrieb. So hat kürzlich ein Schriftsteller ein atheistisches Buch geschrieben und danach hat er gebetet, dass es sich verkaufen möge.

Apropos beten: Sogar im Bereich der Kirche sind in der letzten Zeit eine Menge Scheinheilige aufgeflogen. Man denke hier nur an den Bauer, der zum Pfarrer sagte: „Nichts für ungut, dass ich nicht mehr in die Kirche komme, aber da sind mir zu viele Scheinheilige!“ „Stimmt“, meinte daraufhin der Pfarrer, „aber für einen mehr wäre schon noch Platz.“

Auch Boulevardblättern oder einigen Fernsehsendern wird immer wieder Scheinheiligkeit vorgeworfen: Sie hätten ein geheimes Vergnügen daran, über unmoralische Dinge zu berichten und Menschen durch den Dreck zu ziehen. Dem muss man jedoch fairerweise widersprechen! Das Vergnügen ist nicht geheim, sondern offensichtlich.

Sehr häufig nennt man auch Politiker scheinheilig, unter anderem, weil sie von den Bürgern verlangen, den Gürtel enger zu schnallen, sich selbst aber gleichzeitig die Diäten erhöhen. Das würden sie jedoch gewiss nie machen, wenn ein anderer es für sie erledigen würde.

Politiker sind auch nur Menschen, warum vergisst man das dauernd und hackt auf ihnen herum? Es reicht doch schon, wenn sie für edle Prinzipien kämpfen, wieso erwartet man von ihnen, dass sie diesen Prinzipien auch noch Folge leisten!

Unter dem Strich: Scheinheilige gibt es in unserer Gesellschaft wie Sand am Meer. Wie sagte nur der Philosoph und Menschenkenner Bertrand Russell: „Wir haben zwei Sorten von Moral: Eine, die wir predigen, aber nicht praktizieren, die andere, die wir praktizieren, aber nicht predigen."

Das hört sich schlimm an, aber lassen wir uns davon nicht irritieren! Damit meinte Russell natürlich nicht uns, sondern alle anderen.

BARTÁK

Die Nervensäge

Natürlich, auf den ersten Blick scheint es sich bei einer Nervensäge um das Folterinstrument eines Neurochirurgen zu handeln. Wir aber wissen es besser: In Wirklichkeit ist es eine Person, die ihre Mitmenschen gnadenlos foltert, indem sie ihnen schwer auf den Wecker fällt.

Obwohl das Substantiv Nervensäge weiblich ist, gibt es nicht nur weibliche, sondern auch männliche Nervensägen. Aber wen kann man denn alles als Nervensäge bezeichnen? Darüber wird heftig gestritten. So meinen zum Beispiel die Lehrer, die Schüler seien Nervensägen, wogegen die Schüler eisern behaupten, ihre Lehrer trampelten ihnen auf den Nerven herum. Die Angestellten halten grundsätzlich den Chef für eine Nervensäge, der Chef hingegen meint, seine Untergebenen gingen ihm mächtig auf den Keks. Die Beispiele lassen sich unendlich fortführen, und so ist der Wahrheitssuchende am Ende völlig mit den Nerven fertig, und er fragt sich: Wer hat nun recht? Dabei ist die Antwort denkbar einfach: Alle sind Nervensägen - bis auf mich.

Zahlreiche Nervensägen zeichnen sich dadurch aus, dass sie einen durch ihr sinnloses Gerede völlig überfordern. So gibt es beispielsweise Leute, die einem tatsächlich erklären, wie es ihnen geht, wenn man sie danach fragt. Und damit nicht genug, solche Langweiler haben sogar den Anspruch, dass man ihnen auch noch aufmerksam zuhört. Denn sie sind total Ich-bezogen, und merken überhaupt nicht, dass ihnen niemand zuhören kann, weil sich ja jeder auf das, was er über sich selbst erzählen möchte, konzentrieren muss.

Wenn eine Nervensäge partout nicht aufhört dumm rumzureden, sollte man sich unbedingt etwas einfallen lassen, um dem Schrecken ein Ende zu machen. So ähnlich wie der Maler Max Liebermann, der einst zu einer als Dame verkleideten Nervensäge sagte: „Gnädige Frau, seien Sie bitte endlich ruhig, oder ich male Sie so wie Sie sind!"

Es gibt natürlich auch Nervensägen, die nicht so unendlich viel quatschen. Sie öffnen den Mund nur dann, wenn sie gar nichts zu sagen haben.

Manche Nervensägen schaffen es tagelang mit nur ganz wenigen Wörtern auszukommen. Das Problem dabei ist nur, dass Sie diese Wörter nonstop wiederholen. Meine kleine Tochter brachte es sogar fertig, mich monatelang allein und einzig mit dem Wort warum in den Wahnsinn zu treiben.

Leider hat man es, solange man lebt, mit Nervensägen zu tun: Wenn man ein Kind ist, sägen einem die Eltern schwer an die Nerven, und wenn man erwachsen ist, tun es die eigenen Kinder. Nervensägen sind allgegenwärtig, doch ohne sie hätten wir es auch nicht leichter: Zum Beispiel gäbe es keine Politiker mehr, was für uns keineswegs einfacher wäre, denn dann müssten wir uns jeden Tag in den Medien selbst auf die Nerven gehen. Und einsam wären wir auch, denn wenn die Nervensägen aussterben würden, hätten wir gar keine Nachbarn, keine Kollegen und keine Bekannten mehr. Und zu Hause herrschte nur noch tödliche Stille. Warum? Ganz einfach: Wir stünden plötzlich ohne Ehepartner da.

Meine Frau sagte neulich zu mir, ich sei selbst eine Nervensäge, weil ich beim Fernsehschauen ununterbrochen herumzappte. Aber eigentlich ging sie mir auf die Nerven, weil sie nicht einmal wusste, dass man beim Fernsehschauen zappen muss. Denn wozu hat man denn sonst eine Fernbedienung?

Insider und Insiderwissen

Wissen ist Macht, stellte Francis Bacon schon im 17. Jahrhundert fest, und die gegenwärtige Fortsetzung dieser These könnte lauten: Nichts zu wissen, macht auch nichts, denn wer von nichts eine Ahnung hat, der geht halt ins Fernsehen und wird Superstar. Ganz anders sieht es aber mit dem Insiderwissen aus: Darauf kann man auch heute noch lange nicht verzichten. Es ist mega in, und wer es nicht hat, der ist out.

Der Insider weiß als Eingeweihter etwas, wovon der Nichtinsider keine Kenntnis hat. Dieses Insiderwissen kann er dann zu seinem Vorteil nutzen. So zum Beispiel wissen die Börsenanalysten als Börseninsider genau, wie man mit Aktien ein kleines Vermögen macht: Indem man mit einem großen Vermögen anfängt. Die Anleger, die sich darüber noch nicht im Klaren waren, wurden in den letzten Jahren entsprechend beraten.

Auch Vorstands- oder Aufsichtsratsmitglieder verfügen in der Regel über Insiderwissen im Aktienhandel. Sie wissen oft haargenau, wann die Aktienkurse ihres Unternehmens nach oben rasen, zumal sie knapp vorher eigenhändig dafür sorgen, die Bilanzen mächtig zu liften. Das tun sie natürlich lediglich zum Wohle ihrer Aktionäre, die sie durch negative Nachrichten nicht enttäuschen möchten.

Aber nicht nur im Aktienhandel, sondern auch in den Medien ist Insiderwissen von großer Wichtigkeit. Mit diesem Wissen gehen die Medien sehr großzügig um, zumal sie dafür sorgen, dass alle davon profitieren. So hat beispielsweise schon so mancher Prominenter dank Insiderwissen der Medien genau erfahren, wann, wo, und mit wem der eigene Partner ihn letztlich betrogen hat. Und eine Menge Politiker, die von ihrer eigenen Korrumpierbarkeit null Ahnung hatten, wurden von den Medien darüber aufgeklärt.

Medien brauchen das Insiderwissen, wie die Kinder das Handy, und wenn sie keine Insiderstory haben, veröffentlichen sie sie trotzdem, in der Form, in der sie sie eben erfunden haben.

Da man sich selbst, wie der Philosoph sagt, am wenigsten kennt, sind viele von uns extrem bemüht, Insiderwissen über sich selbst zu erlangen. Manche bringen es in dieser Hinsicht sehr weit. So schaffen es zum Beispiel einige Arbeitnehmer schon Wochen im Voraus, auf den Tag genau zu wissen, wann sie krank werden.

YOU ARE HERE

Wollen auch Sie zum Insider, auf welchem Gebiet auch immer, werden? Kein Problem! Insider zu sein, wird heute erfreulicherweise zunehmend leicht gemacht. Es gibt in der Werbung Insidertipps für jeden Geschmack, beispielsweise für Hobbyköche und Fastfoodfans, für Kneipengänger und Modefreaks. Bis auf ein paar Millionen Ausnahmen, sind diese Tipps natürlich nur für Sie ganz allein bestimmt.

Kürzlich folgte auch ich einem Insidertipp aus einem Reiseprospekt und buchte meinen letzten Urlaub auf einer einsamen Insel. In der Hotelanlage war echt was los! Unmengen von Insidern schubsten einander wie wild durch die Gegend, um sich anschließend am Insiderbüffet vorbei zu drängeln. Und einige von ihnen schütteten so viele Insidercocktails in sich hinein, dass sie danach völlig out waren. Morgens musste ich schon um fünf Uhr aufstehen, um mir einen freien Insiderplatz auf einer Strandliege zu erkämpfen. Der Urlaub hat doppelt so viel wie sonst gekostet, aber was soll's! Ein echter Insider zu sein, hat wohl seinen Preis.

Der Chef

Kennen sie den? „Mama, ich will nicht mehr zur Schule gehen. Alle machen mich fertig. Die Schüler, die Lehrer, alle. Ich will zu Hause bleiben, Mama!“ „Aber mein Junge! Das geht nicht! Schließlich bist du ja der Schulleiter!“

Was können wir aus diesem Dialog lernen? Ein Chef hat es wirklich nicht leicht. Er ist ein einsamer, von Ängsten geplagter Mensch. Alle können sich bei ihm beschweren, was sie auch reichlich machen, aber bei wem beschwert sich ein Chef, zumal nicht mal seine eigene Mutter Verständnis für ihn aufbringt?

Damit nicht genug, ein guter Chef hat Zusätzliches zu erleiden. Denn er hat niemanden, der ihn für seine Arbeit lobt und sein Gehalt erhöht. Das muss er dann selber machen. Meistens ist er dabei so bescheiden, dass er sein Gehalt lediglich um eine Null am Ende aufrundet. Wenn er dann statt, sagen wir, 10.000 Euro plötzlich 100.000 Euro im Monat verdient, sind seine Mitarbeiter deswegen ganz neidisch und beantragen selber eine Gehaltserhöhung. Aber Geld macht nicht glücklich, das weiß ein Chef, und deswegen muss er derlei Anträge entschieden ablehnen.

Ein guter Chef kommt manchmal sehr früh ins Büro, aber nur dann, wenn man selber zu spät kommt. Er erscheint manchmal aber auch etwas später. Doch nur dann, wenn man selber viel früher kommt.

Ein guter Chef weiß seine Sekretärin zu schätzen. Er zeigt ihr seine Wärme und Zuneigung, auch nach Dienstschluss, zum Beispiel in einem Hotel. Dafür macht ihm seine Frau Eifersuchtszenen, was die Sekretärin wiederum blöd findet. Sie möchte, dass er sich von dieser unmöglichen Frau scheiden lässt.

So sitzt der gute Chef zwischen allen Stühlen. Das ist natürlich nur im metaphorischen Sinne gemeint, denn in Wirklichkeit sitzt er auf einem Sessel.

Auch wenn er weich und bequem aussieht, ist der Chefsessel Anlass für eine Menge zusätzlichen Ärger. Immer wieder findet sich jemand, der versucht, ihn dem Chef unter dem Hintern wegzureißen, um selbst möglichst langfristig darauf Platz zu nehmen. Aber ein guter Chef weiß um seinen Sessel zu kämpfen, und so tritt er sehr kraftvoll nach unten, um seine Position zu verteidigen.

Dies tut er natürlich nicht aus Boshaftigkeit, sondern aus Nächstenliebe: Er möchte all die schweren Belastungen, denen ein guter Chef ausgesetzt ist, nur sich und niemandem sonst zumuten.

Die moderne Sekretärin

Ein Chef, sagte der französische Dichter Paul Valéry, ist ein Mensch, der anderer bedarf. Das stimmt genau, denn ein Chef braucht natürlich Mitarbeiter, denen er immer vorschreiben kann, was sie zu tun haben. Die Mitarbeiter jedoch sind der Meinung, dass sie nichts weniger brauchen als einen solchen Chef, und so tun sie meistens genau das Gegenteil von dem, was er ihnen vorschreibt. So braucht ein Chef unbedingt auch eine Sekretärin, um seinen Mitarbeitern all die unangenehmen Dinge, die auf sie zukommen, mitzuteilen. Der Chef kann ja nicht alles alleine machen, es reicht schon, wenn er die angenehmen Dinge erledigt.

Hinter jedem erfolgreichen Mann steht eine sich aufopfernde Frau, die ihm den Rücken freihält, heißt es. Dieser Spruch trifft auch im Falle einer modernen Sekretärin zu, wenn auch nur zum Teil, denn sie steht nicht hinter ihrem Chef, sondern sie sitzt im Vorzimmer.

Das Vorzimmer ist meistens mit dem Chefbüro durch eine massive Tür verbunden, die, falls sie offen steht, den Blick auf den viel beschäftigten Chef freigibt. Falls diese Tür jedoch geschlossen ist, gibt es zwei Möglichkeiten: Sie wird den Mitarbeitern von der Sekretärin geöffnet oder auch nicht. Falls die Sekretärin diese Tür nicht öffnet, gibt es abermals zwei Möglichkeiten: Der Chef möchte in jenem Moment mit niemandem über so unangenehme Dinge, wie zum Beispiel eine Gehaltserhöhung, reden, oder er hat dafür einfach keine Zeit, zumal er hinter der geschlossenen Tür mit ganz anderen Dingen beschäftigt ist, vielleicht sogar mit Arbeiten, aber eher nicht, denn das tut er ja meistens, wie gesagt, wenn die Tür offen steht.

Eine moderne Sekretärin erledigt natürlich den Großteil ihrer Arbeit (Terminkoordination, Planungen, Korrespondenz) mit Hilfe eines Computers. Viren oder gar ein Computerabsturz, die Chaos verursachen, vermögen die moderne Sekretärin nicht aus der Ruhe zu bringen, weil sie pragmatisch denkt und den Computer als das, was er auch wirklich ist, betrachtet: eine moderne Errungenschaft zur wirksamen Verzögerung der Büroarbeit.

Wenn es ums Tippen geht, sind Rechtschreibfehler für die moderne Sekretärin überhaupt kein Problem, da sie sich diesbezüglich eines Korrekturprogramms bedient. Dadurch läuft alles wie geschmiert. So behauptete eine moderne Sekretärin neulich voller Stolz: „Ich schaffe 50 Wörter pro Minute ganz

ohne Fehler." „Beim Tippen oder Stenographieren?", fragte ich. „Beim Lesen", gab sie zurück.

Die ideale moderne Sekretärin empfindet, dass für ihren Chef zu arbeiten, der höchste Genuss überhaupt ist. Diesen Genuss möchte sie so lange wie möglich hinauszögern und deswegen achtet sie immer sorgfältig darauf, das Erledigen ihrer wichtigsten Aufgaben auf den nächsten Tag zu verschieben.

Eine moderne Sekretärin muss in der heutigen Zeit, in der an allen Ecken und Kanten drastisch gekürzt wird, einen ausgeprägten Hang zur Sparsamkeit aufweisen. Daher hat kürzlich die „Vereinigung der sparsamen Chefs" einen Wettbewerb für die sparsamste Sekretärin ausgeschrieben. Er wurde von der modernen Sekretärin, die sich für die Streichung des Preisgeldes bei diesem Wettbewerb einsetzte, gewonnen.

Der Raser

Kaum hat man ihn im Rückspiegel seines Autos wahrgenommen, schon ist er auch wieder vorbeigerast, sodass man nie so genau weiß, wie er aussieht, der Raser. Aber eins wissen wir genau über ihn: Der Kontakt mit dem Lenkrad löst bei ihm automatisch den Ehrgeiz aus, im Straßenverkehr immer der schnellste und allererste zu sein, sogar im Stau. Dafür nimmt er jede Gefahr in Kauf, das Leben hat für ihn überhaupt keinen Wert, und zwar das der anderen Verkehrsteilnehmer.

Das Filmidol des Rasers heißt Rambo, er imitiert ihn, wann immer er im Auto sitzt, und zwar anhand eines eigens angefertigten Drehbuchs. Statt der Maschinenpistole kommt die Lichthupe zum Einsatz, statt Handgranaten der ausgestreckte Mittelfinger. Sein bevorzugtes Schlachtfeld umfasst alle Autobahnspuren, mit dem Auto schießt er scharf nach links und dann plötzlich wieder zurück nach rechts. Im Notfall wird auch auf der Standspur gewütet.

Grundsätze der Kampftaktik: Auffahren, wegdrängen, abhängen!

Ein amerikanischer Journalist, der sich mit dem Auto auf der A3 auf den Weg machte, berichtete kurz danach für seine Landsleute von der Intensivstation: „Wenn Sie sich in Deutschland bei 100 Stundenkilometern länger als 30 Sekunden auf der Überholspur aufhalten, wird sich Ihnen umgehend ein Chirurg annehmen müssen, um die Reste einer Ferrari-Stoßstange von Ihren Rippen zu trennen."

Ein Kapitel für sich sind die ohne Tempo-Limit und mit unbefestigter Ladung über die Autobahn donnernden 3,5-Tonner. Dass jeder, der einen Führerschein der Klasse 3 besitzt, eine rollende Turbo-Bombe mit dem niedlichen Namen Kleintransporter fahren darf, zeigt, dass der Wahnsinn in Deutschland sogar amtlich gefördert wird.

Der gehirnamputierte Raser geht davon aus, dass alles, was ihm in die Quere kommt, sofort ausweichen muss, inklusive Leitplanken, Baustellen und auf der Fahrbahn herumliegende Möbelteile. Und natürlich auch Radfahrer, die in letzter Zeit laut Verkehrsdurchsagen immer häufiger auf der Autobahn unterwegs sind. Wahrscheinlich, weil sie sich dort inzwischen genauso sicher vor Rasern wie auf dem Radweg fühlen.

Beim echten Raser ist das Schuldbewusstsein absolute Fehlanzeige. Wird er, zum Beispiel, mit Tempo 110 vor einem Kindergarten erwischt, entstehen Dialoge wie dieser: „Haben Sie das 30-Stundenkilomer-Schild denn nicht gesehen?" „Nein, was

erwarten Sie von mir, dafür fuhr ich doch viel zu schnell!“

Er macht freilich auch vor dem Zebrastreifen keinen Halt, und wenn es nach ihm ginge, müssten sich die Fußgänger sogar noch bei ihm bedanken, zumal ihre Reaktionsgeschwindigkeit in den letzten Jahren dank seines rasanten Fahrstils erheblich gestiegen ist.

Wohl gemerkt: Man spricht bekanntlich so gut wie nie von Raserinnen, denn es geht in diesem Bereich fast ausschließlich um Männer. Warum das so ist, können wir uns dank Sigmund Freud psychoanalytisch erklären: Raser akzeptieren keine Geschwindigkeitsbegrenzungen, denn sie verstehen sie als eine polizeilich verordnete Potenzminderung.

Auf welche Straße man auch blickt, die Anzahl der Raser hat in letzter Zeit auf alarmierende Weise zugenommen. Wo kommen sie denn alle her? Ich persönlich habe noch nie einen Raser kennen gelernt, sondern nur Leute, die absolut vernünftig fahren, vor allem dann, wenn sie gerade an einer Unfallstelle vorbeigekommen sind oder plötzlich einen Radarkasten entdeckt haben.

Vorbilder

Wir leben in einer verrückten Zeit. Die Welt scheint aus den Fugen geraten zu sein, was viele zutiefst verunsichert, denn man kann häufig Gut von Böse, einen echten Busen von einem falschen und ein geliftetes Gesicht von einer Karnevalsmaske gar nicht mehr unterscheiden.

So liegt es nur auf der Hand, dass immer mehr verwirrte Menschen nach einer Leitfigur, einem starken Vorbild, an dem sie sich orientieren können, suchen. Haben sie es dann endlich gefunden, streben sie natürlich danach, sich der Perfektion dieses Vorbilds anzugleichen, indem sie beispielsweise die Nase verkleinern, bzw. den Busen vergrößern lassen.

Natürlich basiert die Suche nach einem echten Vorbild nicht nur auf Äußerlichkeiten, sondern viel mehr auf einer geistigen Dimension. So findet der Mensch bereits im frühen Kindesalter sein Vorbild in der moralischen Einstellung der Eltern, was natürlich in vielen Fällen sehr schade ist.

Gute Eltern, die stets bemüht sind, ihrer Vorbildfunktion gerecht zu werden, müssen eins wissen: Es reicht nicht aus, allein durch große Worte zu glänzen, sondern man muss unbedingt mit gutem Beispiel vorangehen, wie folgender Dialog zeigt: „Wie alt bist du denn eigentlich?“, fragt der Vater seinen Sohn. „Sieben.“ „Du solltest dich schämen! Als ich in deinem Alter war, war ich schon zehn.“

Wenn Kinder zu Jugendlichen heranwachsen, rebellieren sie meist früher oder später gegen das Elternvorbild. Um ihre Persönlichkeit und ihr eigenes Wertesystem nachhaltig und in einer direkten Konfrontation zu behaupten, lehnen sie in dieser Rebellionsphase oft ab, das Elternhaus zu verlassen, bis sie ungefähr 35 sind.

Richter, die selbst Bestrafung verdienen, sind immer ein gutes Vorbild für Kriminelle, Lehrer, die häufig Blau machen, für Schüler, und historisch betrachtet ist der ehemalige Präsident Bill Clinton bis heute ein großes Vorbild für Zigarrenliebhaber.

Es gibt unendlich viele Menschen, die zu dieser Funktion taugen, solange man sie nicht näher kennen lernt.

Ein Vorbild zu sein, kann auf Dauer zur Riesenbelastung werden, denn man kann sich in dieser Situation, die Dinge, die man besonders liebt, nicht leisten.

Auch in der Kunst spielen Vorbilder eine enorm wichtige Rolle. Jeder Dichter hat eins, zwei Vorbilder, die er immer wieder gerne zitiert. Manche vergessen dabei leider die Anführungszeichen und den Namen des Vorbildes anzugeben. So was nennt sich Plagiat, aber was macht das schon! Wie sagte nur Alfred Polgar? „Das Plagiat ist die aufrichtigste Form der Verehrung.“

Grenzen und Grenzüberschreitungen

Grenzen und Grenzüberschreitungen

Heutzutage reisen die Touristen massenhaft immer weiter und weiter in die Ferne, oft nur, um den Kontakt mit dem stressigen Massentourismus partout zu vermeiden. Aber natürlich lassen sich Grenzüberschreitungen nicht alleine auf diesen Aspekt reduzieren.

Wenn man sich ins Ausland begibt, hegt man allgemein die Hoffnung, Dinge zu sehen und zu erleben, die ganz and s das Altvertraute sind. Das bietet mitunter den Vorteil, dass man über die Verschiedenheit dieser Dinge genüsslich schimpfen kann. Wie sagte nur Schopenhauer? „Jeder sieht die Grenzen seines Gesichtsfeldes als die Grenzen der Welt an."

Doch ist diese Aussage gewiss extrem übertrieben und vorwiegend für Schopenhauers Zeit relevant. Heute, in einem zusammenwachsenden Europa, ist man für grenzüberschreitende Erfahrungen ganz offen, doch hält sich diese Offenheit natürlich in Grenzen.

„In der politischen Geographie", schrieb Ambrose Bierce, „ist die Grenze eine imaginäre Linie zwischen zwei Staaten, die die imaginären Rechte des einen von den imaginären Rechten des anderen trennt." Doch nicht nur die Staaten, sondern auch deren Bürger genießen oft nur imaginäre Rechte, z.B. haben Millionen Bürger aus den armen Ländern bloß das imaginäre Recht auf Wohlstand. So besitzen Grenzen nicht nur eine eingrenzende, sondern auch eine ausgrenzende Funktion.

Charakteristisch für das neue Jahrhundert: Im Zuge der Globalisierung lösen sich die alten Grenzen rapide auf, bzw. sie verschieben sich in einem rasanten Tempo. Der Osten wird immer westlicher, der Westen immer südlicher, der Süden immer nördlicher usw. Im künftigen Europa werden sämtliche Grenzen restlos verschwinden, bis auf die Grenzen zwischen den Bundesländern, und zwar die in der Bildungspolitik.

Man kann bekanntlich nicht bloß geographische Grenzen überschreiten, sondern manchmal auch seine eigenen, wenn man nicht aufpasst. Oder die des Anstands und guten Geschmacks, was derzeitig sehr angesagt ist, vor allem, wenn man im TV auftritt.

Die allerletzte Grenze, die man überschreitet, ist die zum Jenseits. Beim Passieren dieser Grenze darf man gar nichts mitnehmen, nicht einmal seine Zahnbürste. Doch gibt es einige, denen das über-

BARTÁK

nichts ausmacht. So meinte Woody Allen ganz locker: „Ich habe gar nichts gegen meinen Tod. Ich möchte nur nicht dabei sein, wenn er stattfindet."

Alles hat schließlich Grenzen! Bloß zwei Dinge sind grenzenlos, wie Einstein im Laufe seiner wissenschaftlichen Forschungen feststellte: Das Universum und die menschliche Dummheit. Beim Universum hatte er allerdings Zweifel.

Über das Wandern

Was gibt's Schöneres als das Wandern! Bereits die alten Griechen wussten die ausgezeichnete Wirkung des Wanderns zu schätzen. So wanderten die Peripatetiker, auf Deutsch die Umherwanderer, welche Schüler des Philosophen Aristoteles waren, stets auf und ab, um durch die permanente körperliche Bewegung zur Erkenntnis zu gelangen. Solch edles Ziel wird oft auch heute noch beim Wandern verfolgt, obwohl es freilich zahlreiche Menschen gibt, die bis zum Umfallen umherwandern können, ohne dass ihnen dabei etwas einfällt.

Auch der französische Aufklärer Jean-Jacques Rousseau wanderte für sein Leben gern in der freien Natur umher, weil sie ihm den idealen Gegenraum zur Hektik und zum Frust der städtischen Zivilisation bot. Rousseaus Einstellung findet gerade jetzt, im 21. Jahrhundert, Millionen und Abermillionen von Nachahmern, denn bekanntlich wollen wir fast alle mindestens am Wochenende oder im Urlaub zurück

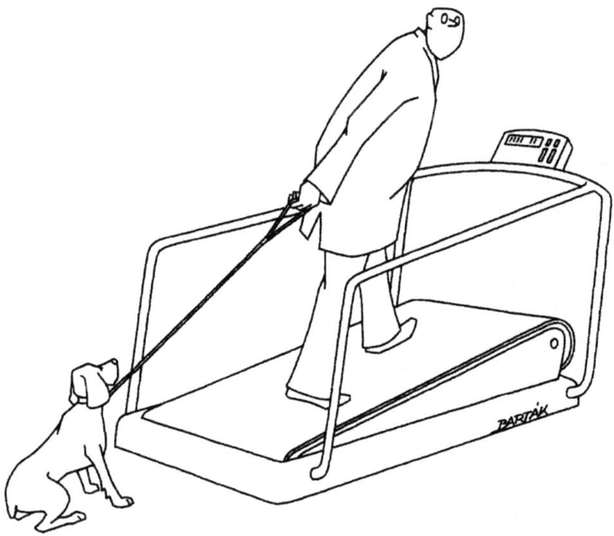
BARTÁK

zu Mutter Natur. Aber natürlich keineswegs zu Fuß, was ziemlich häufig dazu führt, dass man nicht in die Natur gelangt, sondern in den Stau.

Mein Freund Bruno ist ein ganz komischer Wanderbursche! Auf seinen zahlreichen Wanderungen verhält er sich folgendermaßen: Er fährt mit dem Pkw in die Berge, und wenn ihm irgendwo die Landschaft ganz besonders gefällt, macht er sofort halt und schaut sie sich kurz an, ohne dabei jedoch aus dem Auto zu steigen. Dann fährt er mit Vollgas weiter, um ähnliche Panoramabesichtigungen dieser Art durchzuführen. Er nennt dieses merkwürdige Vorgehen motorisiertes Wandern, und ist vollends überzeugt, das sei das einzig Richtige. „Ich benötige nie Blasen- oder Hühneraugenpflaster, und es gibt keinen Wanderer, der so effektiv wie ich vorankommt“, behauptet er stolz.

Meine Wandertechnik ist aber noch um einiges effizienter als die von Bruno. Ich brauche weder zu lenken, noch Geld für Benzin auszugeben: Ich lasse mich nämlich fahren. Und zwar von Bruno, weil er so gerne am Lenkrad sitzt. So kommen wir beide auf unsere Kosten bei unseren Wanderungen.

Wir übernachten meistens in einer Pension oder in einer Almhütte. Dort hält sich der Komfort natürlich etwas in Grenzen. In der letzten Almhütte, in der wir die Nacht verbrachten, gab es zwar fließendes Wasser, aber nur an den Wänden. Dafür stellte der Vermieter jedoch schöne Handtücher, die waren so riesig, dass ich große Probleme damit hatte, sie in meinen Rucksack zu bekommen.

Natürlich sind Bruno und ich bei unseren Wanderungen in der Bewegungsfreiheit etwas eingeschränkt, denn es gibt leider immer noch einige ungünstig gelegene Almhütten, die mit dem Auto praktisch unerreichbar sind, wie auch zahlreiche noch nicht befahrbare Wanderwege. Doch Dank einer vernünftigen Wanderpolitik ist man zurzeit eifrig dabei, diese Mängel nach und nach zu beheben. Und apropos Wanderpolitik: Die meisten Politiker sind nicht nur im Wandern sehr bewandert, sondern auch im Unterwandern, und sie betreiben es meistens als Ausgleichsport.

Unter dem Strich: Das Wandern kann unheimlich Spaß machen, wenn das Auto einen dabei nicht im Stich lässt. Es gibt in unseren Breitengraden mittlerweile unzählige Wanderklubs, zumal das breite Volk die Freuden des Wanderns längst entdeckt hat. Wie heißt es nur in einem bekannten Wanderlied? „O Brüder, lasst uns Wandern, von einem Fass zum andern!“

Auf dem Lande

Das Leben auf dem Lande findet meistens in einem Dorf statt. Manche Dörfer sind so groß, dass der Großstädter sie bei der Durchfahrt sogar gelegentlich wahrnimmt, andere wiederum so winzig klein, dass die Straßenkarten dafür ungefähr den Maßstab 1/1 betragen.

Wer auf dem Land lebt, der genießt einen Riesenvorteil: Mit den anderen Dorfbewohnern zusammen bildet er eine große Familie, in der die Menschen sich gegenseitig respektieren, obwohl sie sich sogar persönlich kennen. Denn auf dem Lande nimmt man am Leben der Nachbarn ganz selbstverständlich intensiv teil, auch wenn man das gar nicht möchte.

Hier ereignet sich manchmal so wenig, dass das Aufregendste, was im Lokalteil der Zeitung erscheint, das Kreuzworträtsel ist. Und so manches Tageblatt könnte seine Ausgaben schon drei, vier Wochen vor dem Erscheinen drucken.

Ich habe neulich einen Freund auf dem Lande besucht. „Es ist einiges passiert, seitdem du nicht mehr hier warst!“, berichtete er mir stolz. „Die alte Vogelscheuche taugte nichts, und so haben wir sie gegen eine neue ausgewechselt. Die ist einfach Klasse! Die Vögel haben eine solche Angst vor ihr, dass sie sogar die Körner, die sie im letzten Jahr geklaut haben, wieder zurückbringen.“

Jawohl, das Landleben ist im Allgemeinen sehr beschaulich, dennoch gibt es freilich auch dort immer wieder gefährliche Situationen, wie folgende Bauernweisheit aufzeigt: „Trinkt der Bauer und fährt Traktor, wird er zum Gefahrenfaktor, oder sprüht er Pestizide, wird man von der Landluft müde.“

Wer Landwirt ist, der hat es heutzutage nicht leicht, denn wenn er Schwein hat, dann muss er auch dafür sorgen, und wenn eine Kuh muh macht, dann machen viele Kühe bekanntlich Mühe.

Einen Bauernhof zu besitzen! Davon träumen unzählige Stadtbewohner, allerdings nicht um 5 Uhr morgens, sondern um 5 Uhr nachmittags. Denn eine gut geführte Farm kann einem heutzutage im Handumdrehen zum Reichtum verhelfen! Aber natürlich nur dann, wenn man eine Ölquelle darauf findet. Die Städter machen sich manchmal über die Bauern lustig oder meckern über die Subventionen für die Agrarwirtschaft, doch die Landbewohner sind deswegen überhaupt nicht sauer, sie laden die Städter sogar ein, ihren Urlaub auf dem Bauern-

BARTÁK

hof zu verbringen. Denn wie sagte Eugen Roth: „Der Landwirt hat längst begriffen, dass man auch von zweibeinigen Rindviechern leben kann."

Mit Internet im Kuhstall und coolem Technosound im Schweinestall hat sich der heutige Bauer dem 21. Jahrhundert voll angepasst. Das freut mich sehr, denn, obwohl ich in der Großstadt lebe, bin ich eigentlich auch ein Bauer. Die Welt ist ja heute ein globales Dorf.

Wichtige Urlaubstipps

Wie heißt es nur in einem häufig gebrauchten Spruch? Die gute Seite an einem Job ist der Urlaub. Die schlechte: Die 330 Tage, die danach folgen.

Der Urlaub wird also offensichtlich als die kostbarste Zeit des Jahres empfunden. Wann sollte man sich aber am besten Urlaub nehmen? Darüber brauchen Sie sich keine Gedanken zu machen, in der Regel wird das Ihr Chef für Sie entscheiden. Auch über die Frage, wo Sie Ihren Urlaub verbringen sollten, brauchen Sie sich nicht den Kopf zu zerbrechen. Das wird Ihre Familie für Sie entscheiden.

Falls Sie gleichzeitig mit Ihrem Chef Urlaub machen, versuchen Sie nicht, auf eine einsame Insel zu fliehen, um auf Nummer sicher zu gehen, dass Sie ihn dort nicht mehr treffen. Ihr Chef wird ebenfalls das Weite suchen, damit er sich von Ihnen erholt, und so werden Sie sich auf der besagten Insel begegnen.

Wenn Sie Sekretärin sind, verbringen Sie Ihren Urlaub am besten in Ihrem Büro! Dort können Sie sich prächtig erholen, aber nur dann, wenn Ihr Chef Urlaub macht.

Vergessen Sie Ihren Pass nicht, und achten Sie darauf, ob er noch gültig ist! Wenn Sie Ihrem am Photoautomaten gemachten Passfoto sehr ähnlich sehen, ist das ein klarer Beweis dafür, dass Sie jetzt in der Tat dringend Urlaub brauchen.

Wundern Sie sich bitte nicht, wenn Sie an Raststätten oder am Rande der Autobahn verlassene, an eine Leine gebundene Menschen entdecken! Sie haben gewissenlose Hunde, die jetzt im Urlaub sind.

In letzter Zeit wird immer wieder vor Terror und anderen Gefahren, die überall auf der Welt lauern, dringend gewarnt. Lassen Sie sich dadurch Ihren Urlaub nicht kaputt machen! Bis auf Nord- und Südamerika, Europa, Asien, Afrika und Australien sind Sie auf jedem Kontinent des Erdballs absolut sicher.

Seien Sie nicht überrascht, wenn Sie sich in einem fremden Land mit den Einheimischen nicht verständigen können! Im Ausland leben fast nur Ausländer, und die haben bekanntlich schwerwiegende Sprachprobleme.

Touristen werden von Einheimischen oft belächelt, und es heißt, sie seien leichter zu melken als Kühe. Auch werden sie oft als unbewaffnete Okkupanten empfunden. Deswegen ist es extrem ratsam, sich nie und nimmer als Tourist zu erkennen zu geben. Das ist praktisch unmöglich, aber es geht

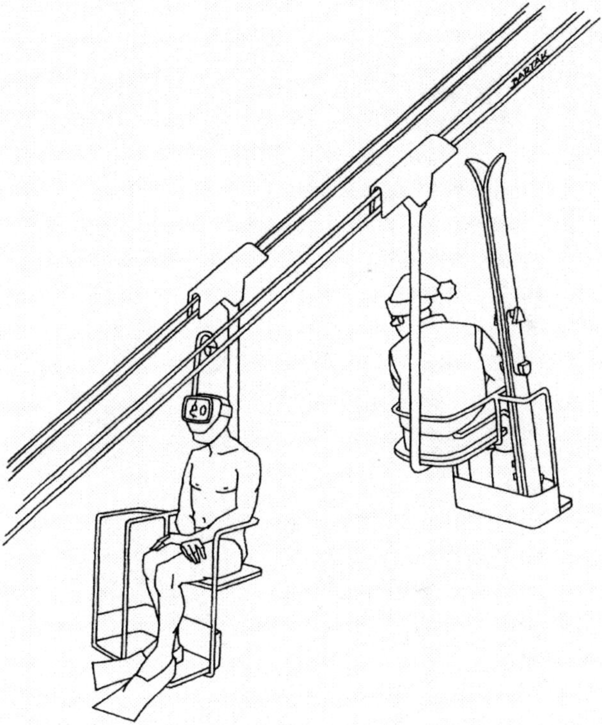
BARTÁK

trotzdem, wenn Sie streng darauf achten, den Urlaub auf dem eigenen Balkon zu verbringen. Das hat natürlich auch den Riesenvorteil, dass Sie keine Ansichtskarten mehr verschicken müssen. Stattdessen werden die Ihnen geschickt.

Wenn Sie jedoch Strandurlaub machen möchten, hier ein wichtiger Tipp für Sie: Die beste Zeit, um die aus den Wellen aufgehende Sonne zu bewundern, ist der frühe Morgen. Wenn die Sonne jedoch statt aufzugehen, hinter dem Horizont verschwindet, haben Sie den Aufgang leider verpennt.

Im Urlaub ist nicht alles perfekt, und wenn er endet, ist so mancher richtig urlaubsreif. Wenn es Ihnen auch so gehen sollte, ist das kein Grund zur Panik. Sie müssen nur noch 330 Mal schlafen, und schon haben Sie wieder Urlaub.

Das Reisebuch und das Buch auf Reisen

Heute, wo ein Flug nach Nizza oder Neapel oft schon weniger als eine Reise ins Grüne kostet, ist fast jedermann unterwegs durch die Weltgeschichte. Mit dem Handy natürlich. Das wird dann gleich nach der Flugzeuglandung eingeschaltet, um damit schöne Erinnerungsfotos zu machen. Und falls man aus der weiten Ferne mal zu Hause anrufen möchte, kann man zu diesem Zwecke nicht nur das Handy, sondern auch die Digitalkamera benutzen. Es macht überhaupt keinen Unterschied, denn eine Verbindung kommt in beiden Fällen nicht zustande.

Außer Handy und Digitalkamera hat der clevere Tourist unbedingt auch ein Reisebuch mit dabei. Das ist auch richtig so, denn darin kann er immer genau nachlesen, wo er sich während seiner Besichtigungstouren gerade befindet, und was er alles bewundern könnte, wenn er von seinem Reisebuch ab und zu mal kurz aufschauen würde. Auch lässt sich in einem guten Reisebuch genau nachschlagen, welche Ziele man bei seinen Rundgängen auf keinen Fall verpassen darf, in der Regel nimmt deren Aufzählung mehrere Kapitel ein. Da kommt der neugierige, weltoffene Tourist schon mal unter Zeit- und Leistungsdruck, vor allem, wenn er im Rahmen eines Tagestrips nicht nur ganz Paris, sondern dazu auch noch ganz London kennen lernen möchte.

In solchen Fällen kann aber das richtige Reisebuch einem mit gutem Rat abermals aus der Patsche helfen, denn es zeigt uns ganz genau, was es in dem Museum, das man als echter Kulturmensch unbedingt gesehen haben muss, alles zu bewundern gibt. Dadurch kann man sich den Museumsbesuch praktischerweise ersparen, und damit auch die Eintrittskosten und eine Menge Zeit. Diese Zeit kann man dann dazu nutzen, um auf gleiche effektive Art das nächste Ziel, das man nicht auslassen darf, anzupeilen.

Als ich letzten Monat eine eintägige Flugreise nach Florenz absolvierte, habe ich anhand dieser Methode acht Museen und vier Kathedralen besichtigt. Dabei bin ich mit meiner Reisegruppe gar nicht mitgegangen, sondern ich blieb in der Lektüre des Reisebuches vertieft im Flughafencafé ruhig und entspannt sitzen. Als meine Reisegefährten gehetzt und frustriert am späten Nachmittag wieder zurück zum Flughafen kamen, hatten sie nur zwei Museen und drei Kathedralen geschafft.

Aber nicht nur Reisebücher, sondern auch andere Bücher können dem sich in der Fremde befindenden

Touristen Abhilfe schaffen. So führte zum Bespiel Napoleon auf seinen Feldzügen, die seine ganz persönliche Art zu reisen waren, immer eine kleine Reisebibliothek in seiner Kutsche mit sich herum. Wenn ihm die Kampfhandlungen draußen zu viel wurden, tauchte er in die Lektüre ab. Doch eines Tages ärgerte der Kaiser sich so sehr über ein Buch, dass er es mit aller Wucht aus dem Fenster der Kutsche schleuderte. Dadurch wurde ein bewaffneter Attentäter, der gerade rittlings auf Bonaparte zuschoss, vom Pferde gerissen und außer Gefecht gesetzt.

Also, wenn Sie auf Reisen gehen, vergessen Sie bitte nicht, auch das eine oder andere Buch mitzunehmen! Mitunter könnte es Ihnen sogar das Leben retten!

Frankreich

Bei meinem letzten Besuch in Paris fuhr ich bei der Ausfahrt aus einem Parkhaus gegen einen Pfosten. Die Stoßstange und der Kotflügel meines Autos wurden dadurch beschädigt und die Karosserie hatte einen tiefen Kratzer abbekommen. Zuerst ärgerte ich mich natürlich, aber danach dachte ich mir: „Was soll's! Es ist doch gut so! Zumal die meisten Franzosen ja sowieso mit irgendwelchen Blechschäden herumfahren, werde ich künftig dank meines Autos als Tourist kaum noch auffallen."

Ich bewundere die Franzosen sehr. Sie sind Weltmeister im Savoir-vivre, und weil sie ihre Freiheit über alles lieben, schwimmen sie oft gegen den Strom. Das zeigt sich manchmal auch im Straßenverkehr. Die Verkehrsschilder, die obligatorisches Links- oder Rechtsabbiegen verordnen, versteht man in Frankreich häufig als politische Aussagen. Und die Vorfahrtsregel rechts vor links, kann in der Praxis immer wieder links vor rechts heißen, was vor allem als nette Geste gegenüber den Gästen aus Großbritannien zu deuten ist.

Mit den Briten haben die Franzosen im Laufe der Geschichte oft kriegerische Auseinandersetzungen geführt, doch heute sind die beiden Nachbarn eng miteinander verbunden, und zwar durch einen Tunnel, der unter den Ärmelkanal hindurchführt. Dadurch kann man sich im Nu von Frankreich nach England davonmachen, was viele Franzosen auch gerne in Anspruch nehmen, vor allem an Feiertagen, weil dann die deutschen Touristen massenweise in Paris einfallen.

Wer in Frankreich nach dem typischen Franzosen mit Baskenmütze und Zigarette im Mundwinkel Ausschau hält, der muss wissen: Den gab es früher mal, und es gibt ihn freilich auch heute noch, aber lediglich in deutschen Schulbüchern oder in der Käsewerbung.

Käse gibt es mehr als genug in Frankreich, und dadurch hat es die französische Regierung gewiss nicht leicht. „Wie soll man denn bloß ein Land regieren, das über 246 Käsesorten verfügt?“, klagte Charles de Gaulle, der in den Sechzigern französischer Staatspräsident war und heute ein Riesenflughafen ist. Heute ist das Regieren im Elysées-Palast noch viel schwieriger geworden, denn es gibt inzwischen in Frankreich weit über 300 Käsesorten.

In der französischen Hauptstadt Paris gibt es zahlreiche weltberühmte Museen, doch viele Touristen möchten sie gar nicht besuchen, weil sie ausschließlich mit altem Zeug voll gestopft sind. Das größte

Museum überhaupt ist der Louvre. Fußballspieler, die den Louvre besuchen, dürften einen Riesenspaß dabei empfinden, denn er umfasst 19 Hektar, also die Fläche von ungefähr 25 Fußballfeldern.

Ich ging, als ich in Paris war, mit meiner dreijährigen Tochter in den Louvre, wo ich ihr unter anderem die Mona Lisa zeigte. Dadurch gelang es mir, ihr Kunstverständnis auf wunderbare Weise zu fördern. Nach eingehender Betrachtung des Gemäldes überraschte mich meine Tochter mit einer durchaus originellen Interpretation: „Papa, ich weiß, warum die so lächelt!“, sagte sie. „Die hat bestimmt mindestens drei Eis gegessen. Wenn wir wieder draußen sind, darf ich dann auch ein Eis?“

Das Eis, das ich ihr anschließend vor dem Eifelturm kaufte, fand sie das Allerschönste an ganz Paris. Ich fand übrigens die Frühstückscroissants ganz super. Die frischen Brötchen haben mir hingegen in Frankreich überhaupt nicht geschmeckt. Was aber auch kein Wunder war, denn ich hatte sie schon vor einer Woche in Deutschland gekauft.

Deutschland und Frankreich

Am 22. Januar 2003 hat zum ersten Mal der Deutsch-Französische Tag statt gefunden. In einer gemeinsamen Erklärung sendeten Staatspräsident Jacques Chirac und der damalige Bundeskanzler Gerhard Schröder auch ein Signal an die junge Generation, diese Freundschaft über die Fremdsprache zu vertiefen. Das Problem dabei: Ein Großteil der jungen Generation hat dieses Signal vermutlich gar nicht empfangen, weil es mit ganz anderen Dingen beschäftigt war, zum Beispiel mir der Suche nach dem Superstar. Außerdem schaffen es nicht nur in Deutschland, sondern auch in Frankreich zunehmend weniger Abiturienten ihre eigene Muttersprache zu sprechen, was die Lust auf Fremdsprachen erheblich bändigen dürfte.

Doch seien wir nicht allzu kritisch! Es gibt auch noch genügend Schüler in Frankreich, die mit Hingabe Deutsch lernen, und eine Menge deutscher Schüler, die eifrig Französisch pauken, was dazu führt, dass sie sich im Rahmen des Schüleraustausches vorzüglich miteinander verständigen können, wenn auch meistens nur auf Englisch. Auch sind immer mehr deutsche Schüler in den letzten Jahren neugierig auf Frankreich geworden. Tausende und abertausende von ihnen sind hoch motiviert, nach Paris zu fahren, zumal sie von dort aus in nullkommanichts Euro-Disneyland erreichen können.

In den letzten Jahren wurde hierzulande eine ganze Menge für die Verbreitung der französischen Kunst und Kultur getan, und dies mit großem Erfolg. Als die Cezanne-Ausstellung im Essener Folkwang-Museum ihre Tore öffnete, kannte der Publikumsandrang kein Halten mehr, und die Medien wurden nicht müde, über das Ereignis bundesweit zu informieren. Das blieb nicht ohne Folgen für das Bildungsniveau der breiten Bevölkerung. Bei einer kürzlich in Berlin durchgeführten Straßenumfrage konnte jeder einzelne der 3000 Befragten mit dem Begriff Cezanne sofort etwas anfangen: 36% hielten Cezanne für ein Waschmittel, 24 % für ein Getränk und 16% für einen Politiker. So ähnlich verhielt es sich mit den Auswirkungen der Matisse-Ausstellung in der Kunsthalle NRW in Düsseldorf. Diese Ergebnisse zeigen uns einmal mehr, auf welch penetrante Weise die französische Kunst in unseren Alltag inzwischen eingedrungen ist.

Die Deutsch-Französische Freundschaft, wie gut, dass es sie gibt! Sie wird nicht nur von den Politikern beider Nationen gefördert, sondern auch von mir ganz persönlich. Ich habe französische Freunde in Saint-Etienne, und jedes Mal, wenn ich sie besuche, bringe ich ihnen etwas typisch Deutsches mit: Einen Kasten Bier, gebraut nach dem deutschen Reinheitsgebot, den ich dann aber meistens selber trinke, denn meine französischen Freunde konsumieren nur ihren eigenen Wein.

Auf ihren Wein sind die Franzosen extrem stolz, sie bilden sich so viel darauf ein, dass sie sogar weite Teile ihres Landes danach genannt haben, beispielsweise Bordeaux, Bourgogne oder Beaujolais.

Auch lieben unsere auf Tafelgenuss ausgerichteten Nachbarn über alles ihren Käse, der wird mit einem Einfallsreichtum ohnegleichen überall in Frankreich hergestellt. Die Franzosen behaupten, es gäbe so viele Sorten davon, wieviele Tage im Jahr vorhanden seien. Feiertage mit eingeschlossen. Das erklärt auch, warum in Frankreich die Streichung des einen oder anderen Feiertages im Unterschied zu Deutschland nie zur Debatte stand: Weil die Franzosen auf keine einzige Käsesorte verzichten möchten.

Unter dem Strich: Von den Franzosen kann man viel lernen, sogar ihre Sprache, wenn man nicht gerade Schüler ist. Meine Frau beispielsweise belegt zurzeit einen Französischkurs an der Volkshochschule. Sie hat letzte Woche damit angefangen, und nach lediglich zwei Unterrichtsstunden beherrschst sie jetzt bereits perfekt drei französische Wörter: Yves, Saint und Laurent. Sie ist sehr zuversichtlich, dass sie sich bei ihrem bevorstehenden Paris-Shopping-Trip ganz prima damit durchschlagen wird.

Die Schweiz

Die Schweiz ist ein demokratisches Bundesland, das in 26 Kantone aufgeteilt ist. Trotz dieser Aufteilung haben die Schweizer ein starkes Gefühl der Zusammengehörigkeit, und so tun sich die Kantone häufig zusammen, um gemeinsam gegen den Bund anzukämpfen.

In der Schweiz gibt es drei Amtsprachen, davon werden Italienisch und Französisch sogar gesprochen. Die deutschen Schweizer möchten jedoch ganz unter sich bleiben, deswegen sprechen sie immer nur Schwyzerdütsch.

Die Schweiz hat fünf Nachbarländer, davon ist den Schweizern Liechtenstein am liebsten, weil es ihnen ein Gefühl von Größe vermittelt.

Unzählige Touristen steigen jedes Jahr in ihre Autos und geben Gas, um so schnell wie möglich in die Alpen zu gelangen, denn über eins sind sich alle im Klaren: Sehr bald wird es diese Landschaft so nicht mehr geben, weil man sie durch Autoabgase und andere schädliche Emissionen ohne jede Rücksicht zerstört.

Oft trifft man auf jodelnde oder laut singende Wanderergruppen, welche die totale Ruhe und Einsamkeit in den Bergen offensichtlich zu schätzen wissen.

Die Panoramablicke von den allerhöchsten Gipfeln sind natürlich am eindrucksvollsten. Wen wundert's also, wenn es da letztlich immer mehr dynamische, wagemutige Bergsteiger gibt, die in den Sessellift oder gar in den Hubschrauber steigen, um koste es was es wolle dorthin zu gelangen. Bevor sie dann wieder ins Tal zurück gebracht werden, pflücken noch einige Wanderer ganz schnell ein paar Edelweißblumen, um sie nicht etwa durch weggeworfene leere Bierdosen oder Schnapsflaschen zu zerstören, denn diese kostbaren Pflanzen stehen ja unter strengem Naturschutz.

Was die Bodenschätze der Schweiz betrifft: Es gibt in der Berggegend noch einige Restreserven von Eisenerz, dessen Förderung jedoch 1967 eingestellt wurde; außerdem sind noch eine Riesenmenge unterirdischer Goldreserven zu verzeichnen, vor allem in der Gegend der Züricher Bahnhofstraße. Sie werden von den Bankiers zu Tage gefördert. Die Schweizer Bankiers wissen immer, wo Gold zu finden ist, wie Voltaire bereits bemerkte: „Wenn sie einen Schweizer Bankier aus dem Fenster springen sehen, springen sie ihm hinterher. Es gibt bestimmt etwas zu gewinnen.“

BARTÁK

In der Schweiz gibt es einen relativ hohen Ausländeranteil. Einige Ausländer sind arm und arbeiten, um Geld zu verdienen, andere sind stinkreich und bemühen sich, das Geld auszugeben. Geldausgeben ist auch Arbeit, wenn man bedenkt, um was für Riesensummen es sich dabei handelt. Kaufwütige arabische Ölscheichs mit Kind und Kegel oder schießwütige russische Mafiosi mit Braut und Pistole kaufen alles, was ihnen in die Quere kommt: Mode und Kosmetika, Uhren und Schmuck, Villen und Straßen. Sie finden alles, was Swiss-Made ist, so schön, dass sie am liebsten die ganze Schweiz kaufen würden. Aber zum Glück ist nicht alles käuflich, dafür gibt es eine Menge Gesetze, die man genau einhalten muss. Es sei denn, man kann die Gesetzeshüter auch kaufen.

Alles in allem ist die Schweiz ein Land, in dem es sich gut leben lässt. Mit anderen Ländern verglichen ist da die Welt noch relativ in Ordnung. Was schon Albert Einstein auffiel: „Im Falle eines Atomkriegs gehe ich in die Schweiz, dort findet alles 20 Jahre später statt."

Knödel à la Kafka

Kultur spielt eine allumfassende Rolle in meinem Leben. Nichts ist mir wichtiger! Selbst die Speisen und Getränke, die ich mir mit Vorliebe einverleibe, sprechen diesbezüglich für sich: Schillerlocken sind mein Leibgericht, beim Italiener um die Ecke bestelle ich mir immer wieder eine Dante-Pizza mit Michelangelo-Salat, ich nasche für mein Leben gerne Mozart-Kugeln und trinke vorzugsweise Puschkin-Wodka oder einen Shakespeare-Shake.

Und neulich, als ich zusammen mit Karin zum ersten Mal Prag besuchte, fühlte ich mich von dem Angebot eines örtlichen Reiseveranstalters besonders angesprochen. Es ging um eine megakulturelle Kneipentour, die sich „Auf Franz Kafkas Spuren" nannte. Nicht nur, dass man dabei diverse architektonisch hochinteressante Lokale der goldenen Stadt besichtigen konnte, sondern, wie der Werbeprospekt aussichtsreich verlauten ließ, war es bei diesem Ausflug auch möglich, sich ganz nach der viel versprechenden Devise *all you can eat* in besagten Kneipen zu verköstigen. Darüber hinaus hatte man die Gelegenheit, sich nach dem Prinzip *all you can drink* mit verschiedenen mehrfach gekrönten tschechischen Bieren vertraut zu machen und somit einen tiefen Einblick in die traditionsreiche Braukunst unseres östlichen Nachbarlandes zu gewinnen.

Ich fühlte mich sofort angesprochen. Nicht so meine Reiseabschnittsgefährtin Karin.

„Nicht schon wieder 'ne Kneipentour!“, meckerte sie.

„Ja, klar!“, gab ich gereizt zurück. „Wenn dich Kafka nicht interessiert, mich interessiert er!“

„Kafka“, rief sie in Verzückung, als spräche sie vom Papst, „war ein absoluter Abstinenzler. Ein Asket. Wenn du das ‚Das Schloss' oder ‚Die Verwandlung' gelesen hättest, dann wäre dir sofort aufgefallen, dass seine metaphysische Unruhe, die...“

Ich ließ sie stehen und wandte mich der Kultur zu.

Die Kneipentour war übrigens ein exquisites Erlebnis: Kultur pur mit geröstetem Sauerkraut, Knödel à la Kafka, Kafka-Gänsebraten, Palatschinken und Kafka-Bier bis zum Abwinken, und weil ich so viel Kultur auf einmal gar nicht vertragen konnte, war es mir am nächsten Tag ziemlich übel. Aber da ich wusste, dass ich im Namen eines großen Dichters litt, trug ich es natürlich mit Fassung.

Nun ist bereits eine ganze Woche verstrichen, seitdem ich überhaupt keine Kultur mehr konsumiert habe, und angesichts lang anhaltender Magen-

BARTÁK

probleme habe ich vorläufig auch nicht mehr vor, irgendwelche Bildungsreisen in die Fremde zu unternehmen. Denn wie heißt es so schön: Warum in die Ferne schweben, wenn das Gute so nah liegt? Und so begebe ich mich am nächsten Samstag mit meinem Freund Alfred in die Düsseldorfer Altstadt. Dort gehen wir dann zusammen den Spuren von Heinrich Heine nach.

Für Speis und Trank ist erfreulicherweise gesorgt, denn es kommt noch ein Bekannter hinzu, der sich bereit erklärt hat, für unsere Weiterbildung zu spenden. Er arbeitet bei einer Tiefbaufirma und kann sämtliche Bewirtungskosten als Essen mit Geschäftspartnern bei seinem Chef absetzen. Also müssen Alfred und ich nur noch für die Verdauungstabletten und das Aspirin aufkommen, was natürlich auch einiges kostet. Doch was will man machen, so ist das heute: Wer Kultur konsumieren möchte, der darf mit dem Geld nicht herumgeizen.

Und übrigens: In drei Monaten habe ich Urlaub. Dann fahre ich mit dem Kegelklub nach Warschau, auf die Spuren Frédéric Chopins.

Heimat und Sprache

„**A**ls ich klein war, glaubte ich, die Ausländer hätten überhaupt keine Sprache, sie täten nur so, als sprächen sie miteinander“, meinte der französische Dichter Jean Cocteau.

Mir hingegen erging es ganz anders. Im Alter von fünf, sechs Jahren, wusste ich wohl, dass Ausländer ihre eigene Sprache hatten, und darüber hinaus war ich sogar vollends überzeugt, ich könnte sie perfekt sprechen. Was ich auch tat. Schade nur, dass mich keiner verstand, nicht einmal ich selber. „Was blubberst du denn da schon wieder? Rede bitte deutlicher!“, meckerten die Erwachsenen irritiert. Aber für mich lag es in der Natur der Dinge, dass man Fremdsprachen nicht verstehen konnte.

Nun, mit reifem Alter, weiß ich natürlich, dass sich eine Fremdsprache sowohl verstehen als auch sprechen lässt, wenn man sich nur die Mühe macht, sie zu lernen. Im Laufe der Jahre lernte ich Englisch, Russisch und Spanisch.

Weil ich für mein Leben gern in der weiten Welt herumreise, sind mir meine Sprachkenntnisse unheimlich nützlich, und ich kann nur bestätigen: Jawohl, Englisch ist die Weltsprache Nummer eins, und bisher kam ich überall damit klar, so zum Beispiel bei meiner letzten Reise nach Moskau und Sankt Petersburg. Mit Russisch konnte ich mich wiederum in Berlin, New York oder Los Angeles bestens durchschlagen. Doch liegen die beiden letzteren Städte in den USA, sodass mir dort nicht bloß Russisch, sondern auch Spanisch von großer Hilfe war. Besonders in Los Angeles stehen die Hispanics hoch im Kurs. Latino Power war auf dem Titelblatt des Newsweek zu lesen, als im Mai dort ein Hispanic mit großer Mehrheit zum Bürgermeister gewählt wurde.

Ich bin in Rumänien geboren, und spreche daher auch Rumänisch, vor allem, wenn ich mich in Toronto oder Paris befinde. Meine Muttersprache ist jedoch Deutsch, was bei meinen Landsleuten in der neuen Heimat immer wieder die interessante Bemerkung hervorruft: „Was sind Sie denn für ein Landsmann? Sie sprechen ja besser Deutsch als manch einer von uns!“

Dann muss ich halt jedesmal etwas über meine Herkunft erzählen, was mir auf die Dauer ganz schön auf die Nerven geht. Aber was soll's! Ich kann es keinem verübeln, wenn er sich wundert, dass ich so gut Deutsch spreche. Als Einwanderer fällt man eben auf.

Wie man eine Weltreise finanziert

Im nächsten Oktober kommt die Boyband The Blockheads auf Deutschland-Tournee. Das nimmt der Schüler Kevin Deppert zum Anlass, sich eine lang ersehnte Weltreise selbst zu finanzieren.

Wie geht das? Kevin stolz: „Da der Konzert-Eintritt 55 Euro kostet, die letzte Blockheads-CD aber nur 35 Euro, habe ich Folgendes errechnet: Wenn ich, statt ins Konzert zu gehen, mir diese CD kaufe, spare ich dadurch 20 Euro. Da hatte ich eine megageile Idee: Ich werde mir 200 CDs kaufen, damit ich dadurch 4000 Euro spare. Mit diesem Geld mache ich dann eine Weltreise."

Clever, clever, kann man dazu nur sagen. Wieso behauptete die Pisa-Studie, deutsche Schüler könnten nicht rechnen?!

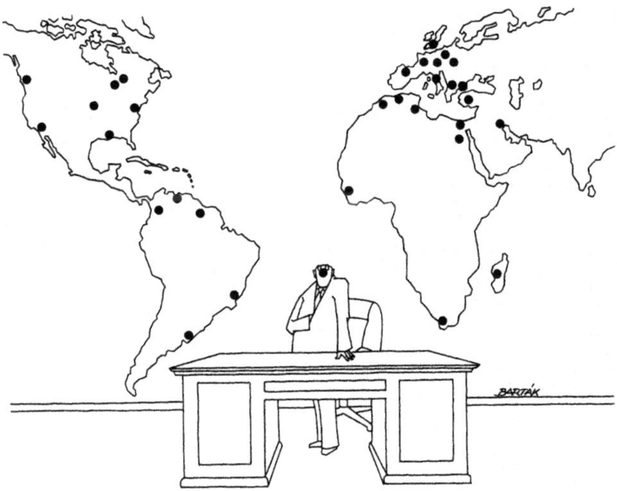
BARTÁK

Traumreisen

Wenn man ganz schnell ein gewisses Fernziel erreichen will, muss man nicht unbedingt in ein Flugzeug steigen. Es geht auch anders. So benutzte Mary Poppins für ihre Luftfahrten einen Regenschirm und Nils Holgerson bediente sich zum selbigen Zwecke einer Wildgans.

Schon als Kind fand ich diese Helden der alternativen Fortbewegung besonders faszinierend und wiederholt versuchte ich, sie nachzumachen. Aber es klappte nie und nimmer! Als ich mit dem Schirm vom Tisch abheben wollte, verrenkte ich mir dabei den Fuß, und die Wildgänse, auf denen ich rittlings durch die Welt schweben wollte, machten sich stets ohne mich davon.

Nun, im reiferen Alter angelangt, ist es mir endlich gelungen, eine bahnbrechende Erfindung zu machen: Für meine ganz persönlichen Flugreisen benutze ich ganz einfach mein Bett. Ich brauche bloß die Leselampe einzuschalten, nach einem Buch zu greifen, und schon kann es losgehen. Da gibt es vorher kein lästiges Kofferpacken mehr, und über meine ehemalige Flugangst kann ich nur noch lachen. Ich bin vollkommen relaxed und reise barfuß, nur im Pyjama. Ich habe das ganze Bett nur für mich, störe niemanden, und mir fällt auch keiner auf den Wecker. Im Vergleich zu dem Luxus, den ich da genießen darf, wirkt jedes Business-Class-Angebot geradezu lächerlich.

Im Handumdrehen habe ich Australien oder die Antillen erreicht, und das Schönste dabei: Meine Reisebegleiter sind großartige Menschen mit Herz und Verstand, die über Land und Leute wie niemand anders Bescheid wissen. Ihre Stimmen sind einzigartig und bezaubernd, und sie lassen einen nie wieder los. Ich rechne sie zu meinen besten Freunden, zumal sie immer, wenn ich sie brauche, für mich da sind. Und wenn ich sie nicht brauche, nicht da sind.

Ich war schon in Afrika mit Tanja Blixen, in Irland mit Heinrich Böll, in Süd-Frankreich mit Peter Mayle, in Venedig mit Donna Leon, in New York mit Paul Auster, in ganz Kolumbien mit Garcia Marquez, in Lilliput mit Swift und sogar in der Zukunft mit Huxley. Die Liste lässt sich unendlich fortsetzen, und es gibt immer wieder neue verlockende Reiseangebote dieser Art. Man braucht bloß in die Buchhandlung zu gehen, um sie zu beanspruchen. Sie sind nicht mehr so günstig wie früher, jedoch im Vergleich zum billigsten Last-Minute-Angebot im Reisebüro sind sie praktisch nachgeschmissen.

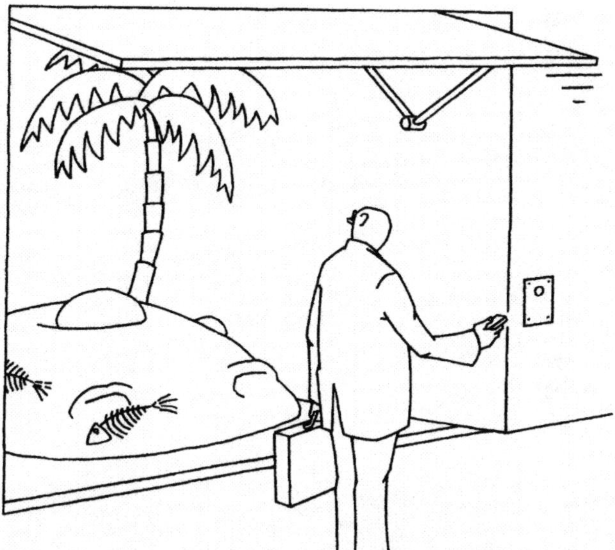

Am Ende meiner Bettreisen, wenn ich wieder ins Schlafzimmer zurückkehre, ist die Landung stets denkbar sanft. Es sei denn, ich bin während des Fluges eingeschlafen, rolle über die Bettkante hinweg und plumpse wie ein Kartoffelsack auf den Boden. Aber ein Restrisiko lässt sich ja nie ausschließen.

Und wer von den Riesenvorteilen einer Traumreise mit dem Bett noch immer nicht überzeugt ist, denke auch an Groucho Marx' Worte: "Was man nicht im Bett tun kann, sollte man überhaupt nicht tun."

Der Mann wusste offensichtlich, was Sache ist!

Unter einem Hut

Der Hut

Außer der englischen Queen und Udo Lindenberg trägt heute kaum noch jemand einen Hut. Irgendwie stimmt da etwas wohl nicht! Wieso verzichten wir denn alle so einfach auf diesen raffinierten Gedankensammler, auf dieses I-Tüpfelchen der persönlichen Eleganz?

Na gut, es gibt da noch ein paar Ausnahmen, wie Hobbycowboy George W. Bush oder einige Fahrer mit Hut, aber dies sind keine nachahmenswerten Beispiele, und so wollen wir sie mal schnellstens vergessen.

Was waren das früher nur für Zeiten! Bereits in der Antike erfreute sich der Hut großer Beliebtheit, und wer ihn nicht liebte, der kriegte eins auf den Hut. So mussten zu Kaiser Augustus Zeiten, diejenigen, die hutlos auf die Straße traten, mit schweren Sanktionen rechnen. Das wird sogar den hartnäckigsten Hutmuffel von der Notwendigkeit des Huttragens überzeugt haben, frei nach der Devise:

„Es ist immer noch besser einen Kopf mit Hut, als gar keinen Kopf zu haben.“ Wobei man allerdings bemerken muss, dass Hutpflicht lediglich für die Oberschicht bestand, das gemeine Volk durfte diese Krönung des Hauptes auf keinen Fall aufsetzen.

Das gleiche galt auch im Mittelalter, und weil es anno dazumal auch noch keine Hipp-Hopper-Häkelmützen oder Rapper-Baseballkappen gab, mussten die jungen Leute damals wohl oder übel ganz ohne Kopfbedeckung und daher mega-uncool herumlaufen.

Später, in den moderneren Zeiten, kam es freilich zu einer Demokratisierung des Hutes, und absolut jeder durfte einen tragen, wovon vor allem die Bauern reichlich profitierten, denn anhand ihres aufgesetzten Hutes konnten sie für den Alltag nützliche Dinge herausfinden, wie zum Beispiel: „Schneit's dem Bauern auf den Hut, ist's für den Filz nicht gut.“

Ein armer Künstler wie Charlie Chaplin entdeckte wiederum, dass er mit einem Stock und Hut Millionen von Leuten zum Lachen bringen konnte. Er genießt bis heute Weltruhm wie auch Joseph Beuys, vor dem viele den Hut zogen, während er seinen immer und überall auf dem Kopf behielt.

Der russische Schriftsteller Maxim Gorki hingegen pflegte mit behutetem Kopf häufig in den Moskauer Zoo zu gehen, was er dann so begründete: „Nach manchem Gespräch mit einem Menschen habe ich das Verlangen vor einem Affen den Hut zu ziehen.“

In Deutschland zaubert die Regierung zurzeit immer wieder neue haarsträubende Reformpläne aus dem Hut. Dadurch geht vielen der Hut hoch, und wen wundert's, wenn angesichts dieser Situation die Bundeskanzlerin nie einen Hut trägt? Das tut sie wohl aus Angst davor, ihn dann sofort nehmen zu müssen. Aber dass Politiker an ihren Sesseln fest kleben, ist, wie wir alle wissen, ein alter Hut.

Glück

Wenn das Neue Jahr anbricht, ist es so, als ob wir alle auf einmal ein bisschen Geburtstag hätten, denn jeder wünscht jedem viel Glück. Aber was bedeutet denn eigentlich Glück? Ich habe diesbezüglich eine hochinteressante Definition gelesen: Das Glück ist der Stuhl, der plötzlich dasteht, wenn man sich gerade zwischen zwei andere Stühle setzen wollte. Doch ist dies natürlich ein Scherz, denn das Glück ist in Wirklichkeit gewiss kein Stuhl. Aber was ist es dann? Diese Fortuna-Frage, an der sich die Philosophen schon seit Jahrhunderten die Zähne ausbeißen, möchten wir hic et nunc endlich beantworten, und wir werden es natürlich auch schaffen, aber nur mit ganz viel Glück.

Für den französischen Aufklärer Rousseau bedeutet Glück „ein hübsches Bankkonto, eine gute Köchin und eine tadellose Verdauung." Eine prima Verdauung, okay, die kann einen schon einigermaßen glücklich machen, aber das Bankkonto? Mit

Geld kann man sich das Glück bekanntlich nicht kaufen. Es hilft jedoch ungemein bei der endlosen Suche danach.

Hilfe bei der Suche nach Glück kann uns auch eine einfache Formel verschaffen. Die besagt Folgendes: Das Glück lässt sich problemlos verdoppeln, wenn man es teilt. Ich teile mein Glück mit meiner Frau, und ihr persönliches Glück ist mir so wichtig, dass ich sogar einen Detektiv anheuerte, um herauszufinden, wer so eifrig dafür sorgt.

Hauptsächlich tritt das Glück in zwei verschiedenen Formen auf: als großes und als kleines Glück. Wenn man beispielsweise sechs Richtige im Lotto hat, dann spricht man vom großen Glück. Ich schaffe aber immer nur höchstens zwei Richtige, also geht es in meinem Fall um das kleine Glück.

Die Fähigkeit, Glück zu empfinden, ist mit dem Alter des Menschen in direkte Verbindung zu setzen. In welchem Alter ist man aber am allerglücklichsten? In der Pubertät gewiss nicht: Da ist man nicht glücklich, sondern bloß cool. Und ein paar Jahre später hat man für sowas wie Glück kaum noch Zeit, zumal man mit Ehe, Kindern und Karriere rund um die Uhr voll beschäftigt ist. Aber jetzt kommt endlich das Hocherfreuliche: Im hohen Alter ist der Mensch durchaus fähig, das absolute Glück zu empfinden. Frage an den Glücksexperten: Wie hoch muss denn dieses Alter genau sein? Antwort: Sehr hoch! So hoch, dass man es niemals erreicht, und falls man es dann doch noch schafft, ist man gar nicht mehr fähig, es mitzukriegen.

B.

Das ist freilich ein äußerst negatives Statement, und man muss ihm mit großer Skepsis begegnen. Denn so schlimm ist es in Wirklichkeit dann aber auch wieder nicht! Nicht nur uralte, sondern auch junge Menschen finden häufig ihr Glück, zum Beispiel bei ihrer Arbeit. Das Problem ist nur, dass diese jungen Menschen zurzeit oft keine Arbeit finden. Die, die jedoch eine Arbeit gefunden haben, sind total glücklich, doch in der Regel nur dann, wenn Wochenende oder Urlaub ist.

Und was ist mit den Politikern? Macht sie die Macht glücklich? Und falls sie sie nicht glücklich macht, wieso kleben sie dann alle so sehr daran? Jawohl, das tun sie, egal wie inkompetent sie sind, man erfährt es täglich aufs Neue durch die Zeitung, sodass ich in letzter Zeit nur dann glücklich bin, wenn ich die Zeitung gar nicht erst aufschlage. Ich sehe stattdessen viel lieber fern, und zwar immer nur dann, wenn gerade auf allen Kanälen Werbung läuft. Denn in der Werbung ist die Welt noch voll in Ordnung, welch ein Glück!

Über die Liebe

Auch in diesem Mai befindet sich die Liebe wieder mal ganz im Gegensatz zur Wirtschaft in einer Phase der Hochkonjunktur. Man stolpert auf Schritt und Tritt über eng umschlungene, in Ekstase geratene Paare, denn die Schmetterlinge flattern nicht nur in Gärten und Wiesen, sondern auch im Bauch. Die Bienen summen, die Blumen blühen, die Radfahrer klingeln, und die trägen Fußgänger springen plötzlich wie die aufgescheuchten Hühner in die Höh.

Befindet man sich fern der geliebten Person, träumt man davon, diese Distanz flugs zu überwinden, obwohl die Frühjahrsmüdigkeit dem Drang nach Fortbewegung ganz schön abträglich sein kann, wie bereits Ringelnatz betonte: „Wenn ich zwei Vöglein wär,/ und auch vier Flügel hätt,/ flög die eine Hälfte zu dir/und die andere, die ging auch zu Bett,/ aber hier zu Haus bei mir."

Auch online ist die Liebe jetzt hoch im Trend, und so sitzen viele Teens und Twens statt mit einem

Partner mit einem Laptop im Park herum, verschicken nonstop heiße Emails und leben ihre Leidenschaft rein virtuell aus. Ja ja, die Liebe! Was ist das eigentlich? Es gibt kaum einen Philosophen, Künstler oder Wissenschaftler, der nicht früher oder später mit viel Liebe versucht hätte, dieses faszinierende Phänomen zu definieren. Setzt man sich mit diesen Definitionen auseinander, ist man von ihrem hohen Wahrheitsgehalt zutiefst beeindruckt, und man merkt irgendwann Folgendes: Man weiß leider plötzlich noch viel weniger als vorher, was Liebe bedeutet, zumal sich die besagten Erklärungen meist aufs Heftigste widersprechen.

So wird die Liebe mitunter als Glück, Unglück, einziges Weltwunder, ewiges Leiden, Vergnügen, Sklaverei, die als Vergnügen empfunden wird, unendliche Freude, vorübergehender Wahnsinn, plötzliche Laune, aber auch als Geschenk des Himmels umschrieben. Und während der eine die Liebe als Quelle des Lebens fröhlich besingt, findet der andere, sie sei eine schwere Krankheit, bei der immer gleich zwei ins Bett gehen müssten.

Der Schriftsteller Jean Anouilh machte es sich bei der Wahrheitssuche in Sachen Liebe ganz einfach. Weil er die Wahrheit nicht herausfinden konnte, gab er den schwarzen Peter an die Philosophie weiter: „Die Liebe? Das ist auch so ein Problem, das Karl Marx nicht gelöst hat."

Ein spitzfindiger Wissenschaftler wiederum stellte bei seinen Liebesforschungen fest: „Es geht hier bloß um ein chemisches Phänomen. Aber es macht

BARTÁK

Spaß, nach der Formel zu suchen.“ Und es muss wohl ein aufmerksamer Sprachforscher gewesen sein, der behauptete: „Die Liebe ist ein Märchen. Und zwar das einzige, das nicht mit ‚Es war einmal’ beginnt, sondern endet.“

Auch wenn ich absolut keine Ahnung habe, wie man eigentlich die Liebe definiert, einer Sache bin ich mir auf jeden Fall sicher: Ich habe einfach Pech in der Liebe. Jedes Mal, wenn ich eine liebenswürdige Frau treffe, ist entweder sie verheiratet oder ich.

Nulldiät

Als ich vor genau einem Jahr eines Morgens auf die Waage stieg, musste ich leider feststellen, dass ich einige Pfunde zu viel hatte. Ja, ich wog viel zu viel. Was ich aber gar nicht glauben konnte, denn wer so viel wiegt, der hat bekanntlich Bewegungsprobleme. Was bei mir jedoch nicht der Fall war, es sei denn, ich musste mich mal kurz bücken oder eine Treppe hochsteigen.

Trotzdem schafften es meine Freunde, mir einzureden, es sei fünf vor zwölf und ich müsse jetzt dringend abspecken. Dabei konnte ich mich dem komischen Gefühl nicht entziehen, man hätte sich gegen mich verschworen oder machte sich einfach über mich lustig, nur weil ich das ein oder andere Hemd nicht mehr ganz zuknöpfen konnte. Aber wie lange kann man schon Widerstand leisten? Um endlich Ruhe zu haben, beugte ich mich dem Druck, den man auf mich ausübte, und beschloss umgehend abzunehmen. Dafür machte ich eine Nulldiät, ich aß also lange Zeit gar nichts, nothing at all, nada! Zur Entschlackung trank ich eine Menge Wasser, ich trank, was das Zeug hielt, bis zu 5-6 Liter am Tag.

Von den wohltuenden Effekten meiner Nulldiät war ich vollends überzeugt, vor allem, weil ich jetzt keinen Cent mehr fürs Essen ausgeben musste und somit eine Menge Geld sparen konnte. Dabei hatte ich ein gutes Gefühl, denn ich handelte jetzt ganz im Sinne der Sparpläne der Regierung und konnte somit meinen Beitrag zum Fortschreiten der Reformen leisten.

Nach viereinhalb Stunden Nulldiät bekam ich dann aber plötzlich einen solchen Hunger, dass ich schnell ein halbes Hähnchen mit Pommes verdrücken musste. Als ich diese Krisensituation erfolgreich gemeistert hatte, setzte ich die Nulldiät zuversichtlich und mit neuen Kräften fort und pausierte dann erst wieder nach fünf geschlagenen Stunden, aber nur ganz kurz, um eine Pizza mit Salami und Käse zu verschlingen. Zwischen den Pausen aß ich natürlich die ganze Zeit absolut gar nichts, sonst hätte die Nulldiät ja keinen Sinn mehr gehabt!

Aber da musste ich einfach durch, denn wer abspecken will, der muss leiden! An diesem Tag aß ich nur noch zweimal in den kleinen Nulldiät-Zwischenpausen, und in der Nacht einmal, als ich völlig ausgehungert aufwachte. Nach diesem Muster machte ich diszipliniert zweieinhalb Wochen weiter, dann stellte ich mich erneut auf die Waage. Nicht gering war jedoch meine Enttäuschung, als ich fünfeinhalb Pfund mehr als vorher wog!

„Ich brauch bloß das Essen anzuschauen und schon nehme ich zu!“, klagte ich, als ich meinen Freund Alfred traf. „Melde dich doch in einem Fitnessstudio an!“, schlug er mir vor. „Dort kannst du deine Pfunde abtrainieren!“ Aber das werde ich nicht tun, ich mache lieber mit meiner Nulldiät weiter. Das habe ich von der Regierung gelernt: Wer etwas anpackt, der muss es langfristig durchziehen. Auch wenn der Erfolg erst mal auf sich warten lässt, irgendwann wird er sich schon noch einstellen.

Die ersten Erfolge haben sich bei mir übrigens bereits eingestellt: Mit dem Treppensteigen habe ich keine Probleme mehr, denn ich wohne jetzt in einem Haus mit Aufzug, und seitdem ich meine Kleidung von L auf XXL umgestellt habe, kann ich auch meine Hemden wieder problemlos zuknöpfen.

Der Kaffee

Mit einer Espressomaschine liegen Sie voll im Trend. Das ist dieser faszinierende Vollautomat mit viel Edelstahl, Chrom, LCD-Anzeigen, Tasten, Knöpfen, blinkenden Lämpchen und einer Antenne für außerirdische Signale. Nein, halt! Das mit der Antenne war bloß ein Scherz. Man wird sie wohl erst im nächsten Jahr in die Espresso-Maschine einbauen. Was gut zu wissen ist: Wer daheim Espresso aus dem edlen Gerät süffelt, der macht es wie die modebewussten Italiener, obwohl die Italiener daheim ihren Espresso ja gar nicht mit der Espresso-Maschine, sondern mit dem Espresso-Kocher zubereiten.

Ob man Espresso, löslichen oder Filterkaffee trinkt, wichtig ist schließlich nur eins: Dass er einem mundet. Was für Qualitäten muss also ein guter Kaffee aufweisen? Dazu gibt es ein paar Tipps, wenn man sich ein bisschen in der Geschichte umschaut. „Der Kaffee muss heiß wie die Hölle, schwarz wie der Teufel, rein wie ein Engel und süß wie die Liebe sein", so umschrieb Napoleons Außenminister Talleyrand einst die Eigenschaften, die einen guten Kaffee zum Genuss machen. Der Musiker Johann Sebastian Bach war übrigens vom süßen Kaffee so begeistert, dass er ihm zuliebe sogar zu dichten anfing: „Ei, was schmeckt der Kaffee süße,/ lieblicher als tausend Küsse!"

„Aber wovon wird der Kaffee denn überhaupt süß? Vom Zucker oder vom umrühren?", hat man sich schon des Öfteren gefragt. Anhand zahlreicher Beobachtungen, die ich an dem von mir getrunkenen Kaffee konsequent durchgeführt habe, konnte ich folgendes feststellen:

Der Kaffee wird süß vom Süßstoff, wobei dieser auf Dauer Fettleibigkeit verursachen kann, und zwar immer dann, wenn man das süße Gebräu mit einer größeren Menge Kuchen konsumiert.

Der Kaffee bedeutet freilich nicht nur Genuss, sondern er ist auch ein beliebter Muntermacher. Doch es soll Leute geben, die ihn gerade deswegen morgens nie konsumieren: weil er sie bei der Arbeit wach hält. Andere wiederum üben sich aus gesundheitlichen Gründen in Koffeinabstinenz. Für die ein kleiner Tipp: Man kann den PC einschalten und ins Internet gehen, um dort in einem virtuellen Café so viel starken, leckeren Kaffee zu sich zu nehmen, wie man möchte. Dabei ist kein gesundheitlicher, sondern bloß ein Computerabsturz zu befürchten.

In den letzten Jahren sind die Cafés weit und breit wie die Pilze aus dem Boden geschossen, und manche davon sind ständig so überfüllt, dass kein Mensch mehr hingeht. Falls man in einem Lokal Kaffee bestellt hat, und der einem überhaupt nicht schmeckt, dann sollte man vielleicht ein ganz anderes Getränk kommen lassen, zum Beispiel Tee. Wie Abraham Lincoln, der einmal rief: „Sollte dies Kaffee sein, dann bringen Sie mir bitte Tee! Sollte das aber Tee sein, dann bringen Sie mir bitte Kaffee!“

Kaffee wird überall getrunken, auch im Flugzeug, und immer, wenn die Stewardess anfängt, ihn auszuschenken, kann man davon ausgehen, dass gleich heftige Turbulenzen einsetzen werden.

Ob süß oder bitter, schwach oder stark, über Kaffee-Geschmack streitet man nicht, oder wie die alten Römer bereits sagten: De café gustibus non disputandum. Jeder soll also den Kaffee kochen, wie er ihn mag, und das geschieht auch, vor allem in der Politik, wo jedes Regierungsmitglied seinen eigenen Kaffee kocht. In der Politikersprache nennt man so was weitgehende Übereinstimmung und Konsens. Was dabei herauskommt, ist klar: nichts als kalter Kaffee.

Über das Wasser

Eins der bekanntesten und faszinierendsten Naturelemente ist das Wasser. Auch wenn der Chemie-Unterricht bei vielen häufig ins Wasser fiel, weiß so gut wie jeder, dass die chemische Formel für das Wassermolekül H2O lautet. Es gibt jedoch Chemieprofessoren die sagen manchmal statt H2O „Oha zwei!“, aber nur dann, wenn sie überraschenderweise Zwillinge bekommen haben.

Man braucht selbstverständlich keinen Leistungskurs in Physik belegt zu haben, um zu wissen, dass diese allgegenwärtige Flüssigkeit bei 100 Grad Celsius den Siedepunkt erreicht. Mein Freund Alfred behauptet zwar, das Wasser würde nicht bei 100, sondern bereits bei 90 Grad kochen, aber das ist totaler Unfug! Denn bei 90 Grad, wie ich es aus dem Geometrie-Unterricht genau weiß, kocht der rechte Winkel.

Man definiert das Wasser mitunter auch als farblose Flüssigkeit, die schwarz wird, wenn man das

Gesicht darin wäscht. Doch apropos Waschen: Rund 130 Liter Wasser verbrauchen wir täglich pro Kopf. Doch wir waschen damit immer wieder nicht nur unsere Haare, sondern auch viele andere Dinge, beispielsweise unsere Autos, bis sie hygienisch sauber sind. Außerdem brauchen zahlreiche Menschen jeden Tag Wasser für ihren Garten, wie zum Beispiel Frau Müller, eine waschechte Naturliebhaberin. „Was machen Sie denn da, Frau Müller?", fragte ich sie gestern, als sie sich in ihrem Garten wieder mal zu schaffen machte. „Ich gieße die Blumen", meinte sie. „Aber es wird doch gleich regnen!" „Ich weiß, deswegen beeile ich mich auch so."

Nichts ist ärgerlicher als wenn das heiße Leitungswasser plötzlich ausfällt. Für solche Fälle kann man jedoch natürlich Vorsorge treffen. So frieren die Ostfriesen das heiße Wasser, das ihnen beim Teekochen übrig bleibt, immer ein, damit sie es jederzeit vorrätig haben.

Ja, ohne Wasser hätten wir ein großes Problem. Man kann ohne Nahrung wochenlang, ohne Wasser jedoch nur wenige Tage leben. Und trotzdem gibt es Leute, die sich hartnäckig weigern, dieses Getränk zum Durstlöschen einzusetzen. Diesbezüglich meinte der irische Dramatiker und Wasserfeind Brendan Behan: „Wasser ist eine Flüssigkeit, die nicht zum Trinken da ist, sonst hätte Gott nicht soviel davon gesalzen."

Als ich klein war und zum ersten Mal aus der Großstadt zur Nordsee fuhr, war ich völlig überwältigt. Noch nie hatte ich soviel Wasser auf einmal gesehen! Und dabei sah ich nur den oberen Teil davon. Dreiviertel des blauen Planeten werden von Meeren und Ozeanen bedeckt. Und weil keiner über das Wasser gehen kann wie Petrus, hat sich der mit allen Wassern gewaschene Mensch verschiedene Wasserfahrzeuge ausgedacht. So gibt es zum Beispiel Paddel- und Ruderboote, Motorboote und auch Segelboote. Von diesen vier Kategorien bieten die Segelboote die teuerste Art, unbequem zu reisen.

Das größte Boot überhaupt ist das, in dem wir alle sitzen. Das Fahren damit macht mir in der letzten Zeit immer weniger Spaß, denn ich habe permanent das Gefühl, ich müsse sehr bald ins kalte Wasser springen.

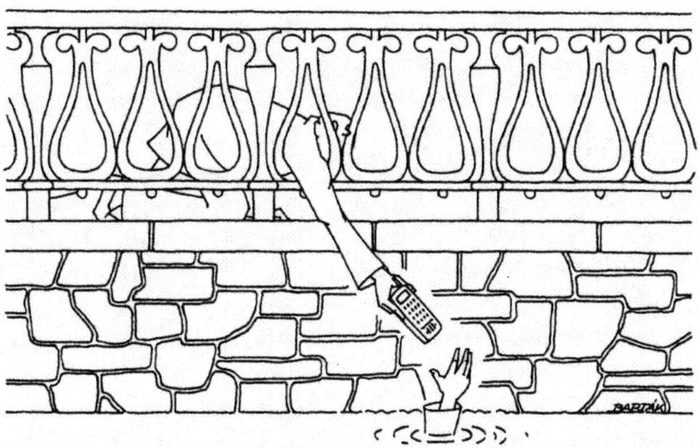
BARTÁK

Die Relativität der Mode

Albert Einstein legte nicht viel Wert auf Äußerlichkeiten, sein Erscheinungsbild entsprach eher den Klischeevorstellungen vom zerstreuten Professor, der schon mal den linken mit dem rechten Schuh verwechselt und nach dem Stolpern aufzustehen vergisst, weil er gerade dabei ist, ein neues Schwerkraftgesetz herauszufinden.

Man sieht immer wieder Foto- oder Filmaufnahmen, in denen der geniale Wissenschaftler salopp, wenn nicht gar schäbig bekleidet war. „Willst du dir nicht einmal einen neuen Mantel kaufen?“, fragte ihn einmal ein Freund in Berlin. „Nein, wieso?! Hier kennt mich doch sowieso jeder und weiß, wer ich bin“, gab Einstein zurück. Als die zwei sich abermals in New York trafen, wiederholte der Freund den Ratschlag. „Ach, was!“, winkte der Wissenschaftler ab, „hier weiß kein Mensch, wer ich bin.“

Es ist natürlich kein Wunder, dass Einsteins eigenwillige Ansichten in Punkto Bekleidung keine Anhänger in den Reihen der Modefreaks zu finden vermögen. Man hat da so seine eigenen Vorstellungen, die im Wesentlichen auf einer Feststellung des antiken Philosophen Heraklit basieren: Man steigt nicht zweimal in denselben Fluss. Was der Modefetischist maßgeschneidert nach seinen Vorstellungen ungefähr so interpretiert: Man steigt nicht zweimal in dieselbe Hose. Bei solch verschwenderischem Vorgehen bekommt natürlich sogar der finanziell Privilegierteste sehr schnell ein Problem, spätestens dann, wenn es in der Wohnung keinen Platz mehr für neue Klamotten gibt. Dann muss er unter Umständen umziehen.

Die Mehrheit der Konsumenten ist aber vernünftig und teilt die Ansicht dass, um trendy zu erscheinen, es schon völlig reiche, wenn man seine Garderobe zweimal im Jahr erneuere, einmal im Frühjahr, einmal im Herbst. Wie bereits Oscar Wilde bemerkte: „Mode ist eine so unerträgliche Form der Hässlichkeit, dass wir sie alle sechs Monate ändern müssen."

Nun haben in letzter Zeit zunehmend mehr Menschen leider das Problem, dass sie auch mit diesem gemäßigten Tempo des Modewechsels kaum noch Schritt halten können. Denn nicht nur die Dernier-Cri-Frauenhose ist letztlich von der Taille immer mehr nach unten gerutscht, sondern auch die Kaufkraft. Aber was soll's! Als Ausgleich dafür sind ja die Preise kräftig gestiegen.

Die neue Situation ist also partout kein Grund zum Meckern. Und wenn das Klamotten-Shoppen in diesem Frühling womöglich mal ausfallen muss, dann bitte an Einstein und seinen Mantel denken: Auch in der Mode ist alles relativ, und ein vernünftiger Mensch hat es beileibe nicht nötig, immer nach dem letzten Schrei gekleidet zu sein. Was einem heute gefällt, könnte einem schon morgen komisch vorkommen.

Kleider machen Leute, okay, aber häufig machen auch Leute Kleider. Wie sagte nur Pierre Cardin? „Ich bin nie mit der Mode gegangen. Ich habe sie gemacht." Aber nicht jeder hat es so einfach wie ein Modemacher, was soll man machen!

BARTÁK

Teurer Sprit. Was tun?

Wissen Sie schon das Neueste? Heute im Morgengrauen wurde in der Düsseldorfer Innenstadt ein Geldtransporter überfallen. Laut Rundfunkmeldungen seien die Täter äußerst clever vorgegangen: Sie ließen die sich im Auto befindenden Geldsäcke einfach am Tatort zurück, füllten aber dafür das Benzin aus dem Tank des Geldtransporters in die extra dafür mitgebrachten Kanister um. Danach flüchteten sie mit der kostbaren Beute.

Ja, der Sprit ist langsam unerschwinglich geworden! Das ist natürlich schade, denn Benzin wird nicht nur zum Autofahren benutzt, sondern auch in der Suchtbekämpfung. Wie sagte nur Jerry Lewis? „Wer das Rauchen aufgeben möchte, der braucht seine Pfeife nur an einem Benzinfass auszuklopfen.“

Meine Frau wünschte sich neulich zu ihrem Geburtstag, dass ich sie zu einem sündhaft teueren Ort ausführe, so dass ich mit ihr zu der um die Ecke liegenden Tankstelle gegangen bin. Man muss sich auch mal was gönnen! Ich weiß auch schon, was ich ihr zum Geburtstag schenke: Statt eines Parfumflakons diesmal ein Fläschchen Super-Benzin. Doch wenn die Kraftstoffpreise auch weiterhin so rasant in die Höhe schießen, dann werde ich wohl einen Kredit dafür aufnehmen müssen.

Der schwarze Goldrausch: Die Ölkonzerne verdienen sich dumm und dämlich daran. Der Staat kann jedoch diesem verantwortungslosen Treiben nicht tatenlos zusehen, also hält er die Hand auf, und so macht die Steuer inzwischen zwei Drittel des gesamten Benzinpreises aus. Und was tut in dieser Zeit der geschröpfte Bürger? Er setzt sich vehement zur Wehr und fängt an, im eigenen Interesse zu handeln. Weltweit. So gab es neulich in den USA T-Shirts mit Uncle Sam, der mit dem Finger auf dich zeigt und ruft: „I want you...to give me gas money!" Ich will,...dass du mir Geld für Benzin gibst! Die Deutschen wiederum geben sich gesundheitsbewusst und verkündigen per T-Shirt-Aufschrift: „Ich bin auf Benzindiät. Weil ich fahre, kann ich nicht essen."

Doch hören wir auf zu jammern! Wer nichts isst, der tut schließlich etwas für seine Figur. Und Pessimismus ist jetzt nicht angesagt, denn diesem Preistreiben wird ganz bestimmt ein Ende gemacht, und zwar in fünfzig Jahren, weil dann die Rohölreserven sowieso endgültig ausgehen sollen.

Was ist aber mit der Alternativenergie? Fehlanzeige. Solange kein Ölkonzern die Sonne besitzt, wird es kaum Autos mit Solarenergie geben.

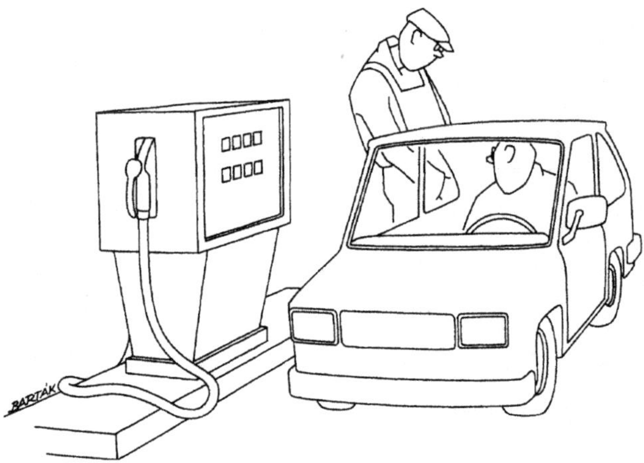
BARTÁK

Kleiner Tipp, falls Sie beim Tanken jedes Mal schwere Depressionen bekommen: Es gibt ja auch noch Länder, in denen der Treibstoff relativ preiswert ist. So bin ich zum Beispiel vor einer Woche nach Luxemburg zum Tanken gefahren. Das war ein wunderbares Erlebnis, weil ich dadurch 28 Euro sparte. Schade nur, dass ich zu Hause angekommen, noch einmal tanken musste, weil ich leider sehr weit von Luxemburg entfernt wohne. Da sagte ich mir: Aber es muss doch auch eine intelligente Lösung geben, wenn man beim Herumfahren mit dem Pkw nicht verarmen möchte! Und gestern ist sie mir auch eingefallen, denn wer suchet, der findet! Ich entwarf ein völlig neues Automodell für vier Personen, das sich ganz ohne Benzin fortbewegt: Eine Person fährt und die anderen drei schieben. Morgen probiere ich es aus, denn ich mache mit meiner Familie einen motorisierten Ausflug ins Grüne.

Weil ich für mein Leben gern fahre, werde ich natürlich am Lenkrad sitzen.

Karneval

In der Karnevalszeit wird vor allem Durchhaltevermögen groß geschrieben. Wer ins Wanken gerät und auf die Pappnase fällt, der rappelt sich schnell wieder auf und schunkelt fröhlich weiter, wenn es sein muss, bis der Notarzt kommt. Denn Abfeiern und Spaßhaben stehen über allem, wer lässt sich schon davon abbringen, nur weil er mal ins Wanken gerät?

Es gibt natürlich auch die ewigen Nörgler, denen so viel Schunkeln und kalenderbedingte Fröhlichkeit gewaltig gegen den Strich gehen. Sie suchen naserümpfend das Weite. Und so landen diese Karnevalsflüchtlinge meistens mit Gleichgesinnten im Stau und schon am nächsten Tag in Österreich oder in der Schweiz, wo kein Karneval gefeiert wird, sondern Fasching, bzw. Fastnacht. Und da geht es so ähnlich wie beim Karneval zu.

Die Daheimgebliebenen hingegen begeben sich häufig mit Pauken und Trompeten zu verschiedenen Prunksitzungen, sodass man sich abends auf der

Straße vor lauter Generälen, Feldmarschällen und Kommandeuren kaum noch durchkämpfen kann.

An den Prunksitzungen nehmen aber nicht nur Leute wie du und ich teil, sondern auch eine Menge Politiker, manche von ihnen besonders erfolgreich und prominent, zumal sie in keiner Talk-Show fehlen. Nun sitzen sie fröhlich an langen Tischen zusammen mit den Wählern, während sie auf der Show-Bühne von verschiedenen Karnevalskünstlern kräftig durch den Kakao gezogen werden. Alle lachen sich darüber scheckig und spenden Applaus, aber am allermeisten lachen und applaudieren die Politiker selbst. Nicht weil sie etwa masochistisch wären, sondern weil sie sich gut vorstellen können, dass man sie wieder wählen wird, weil sie so viel Selbstironie beweisen.

Der Karneval kulminiert in den Rosenmontagszug, der von Tausenden und Abertausenden von Menschen bejubelt wird. Man bewundert das Prinzenpaar, die Vielfalt der Kostüme und die Gestaltung der allegorischen Wagen, vor allem, wenn man das Glück hat, sich auf einem höher gelegenen Balkon zu befinden, da man sonst leider gar nichts zu sehen bekommt. Akustisch kriegt man jedoch absolut alles mit, und wenn man dem Danebenstehenden ganz laut ins Ohr brüllt, kann man ihm seine Freude darüber mitteilen.

Wenn der Karneval zu Ende ist, folgt leider immer der Aschermittwoch. Vorbei der Übermut, es ist nun Zeit, sich auf die inneren Werte zu besinnen. Vor allem auf die Leber- und Cholesterinwerte, was in der Regel zu einem radikalen Lebenswandel führt. Eine neue Lebensphase beginnt, gekennzeichnet durch Verzicht und Nachdenken: Man verzichtet auf fettes Essen und Alkohol und denkt darüber nach, wie schön es war, als man dies nicht tun musste.

Diese Phase dauert meistens zwei bis drei Tage, daher ist sie sehr schwer durchzuhalten. Aber man kann nicht immer nur übermütig sein, irgendwann muss man sich auch mal schonen, denn wie soll man denn sonst die nächste Feier überstehen?

Spielen

„**D**er Mensch ist ein von den Göttern erfundenes Spielzeug", hat der antike Philosoph Platon einmal gesagt. Ein Spielzeug, das leidenschaftlich gerne spielt, kann man dem nur noch hinzufügen, häufig sogar mit dem Feuer oder mit dem Glück. Warnungen und Verbote bringen da meist gar nichts, sie werden spielend umgangen. Einige setzen sogar ihr ganzes Vermögen aufs Spiel, um durchs Spielen stinkreich zu werden, was gelegentlich ja auch gelingt. So fuhr mein Freund Alfred mit einem Auto, das 10.000 Euro kostete ins Spielkasino und kehrte mit einem Bus, der 100.000 Euro wert war, wieder zurück nach Hause.

Als der Philosoph Nietzsche vor fast 200 Jahren feststellte „In jedem echten Manne steckt ein Kind, und das will spielen", dann meinte er aber damit freilich nicht das Glückspiel, sondern die Spiele, bei denen man keinen materiellen Gewinn, sondern bloß Erheiterung und Zerstreuung anstrebt.

Auch ich verstehe mich als homo ludens, und so möchte ich als spielender Mensch beispielsweise beim Kartenspiel oder bei Brettspielen einfach nur Spaß haben, und das klappt auch ganz vorzüglich, solange man mich beim Schummeln nicht erwischt.

Und bei Mensch ärgere dich nicht! nehme ich diese Aufforderung total ernst, und ich freue mich wie ein Kind, nicht nur wenn ich gewinne, sondern auch dann, wenn andere kläglich verlieren.

Apropos Kind: Früher haben Kinder mit Klebstoff und Farben gespielt, Wände und Möbel bekritzelt und das gesamte Kinderzimmer zum Schlachtfeld degradiert. Heute sitzen die Kleinen jedoch häufig vor dem Computer und befriedigen ihren Spieltrieb rein virtuell. Das ist sehr erfreulich, denn dadurch sind die Kinder nun oft das Einzige, was man im Kinderzimmer noch waschen oder reparieren muss.

Wenn man möchte, dass Kinder spielend etwas erledigen, dann muss man es ihnen einfach nur verbieten, heißt es. Seitdem ich meiner Tochter verboten habe, ihre Hausaufgaben im Alleingang zu machen, kommt sie auch ohne mich dabei klar, und ich kann in dieser Zeit ihre Playstation in Anspruch nehmen. Nach spätestens einer Stunde ist meine Tochter dann aber mit den Hausaufgaben fertig, und da muss ich den Platz vor dem PC umgehend für sie räumen. Das ärgert mich zwar schwarz, aber was solls! So sind Kinder, sie denken halt nur ans Spielen.

Vor einem Jahr wollte meine Tochter unbedingt lernen, Gitarre zu spielen, da schenkte ich ihr eine

E-Gitarre zum Geburtstag. Nun spiele ich mit dem Gedanken, mir selbst einen Golfschläger zu schenken, damit ich Golf spielen kann, während sie übt.

Man braucht freilich nicht immer einen PC oder teures Spielzeug, um nach Herzenslust spielen zu können. So spielt mein Nachbar, der eine Etage über mir wohnt, eine Stunde pro Abend ausgiebig mit Hammer und Bohrer, und unser Hausmeister spielt zweimal die Woche zwischen 13.30 Uhr und 14.30 Uhr mit dem Rasenmäher unter meinem Balkon. Das weiß ich ganz genau, weil in dieser Zeitspanne die von der Hausordnung vorgeschriebene Ruhezeit liegt. Wenn jemand sie nicht einhält, dann kann man sich natürlich beim Hausmeister darüber beschweren.

Auch die Politiker spielen sehr gerne, und zwar auf der Politbühne uns etwas vor. Doch wenn man sie dann zur Rede stellt, spielen sie alles herunter. Ja, das sind ganz große Schauspieler, unsere Politiker, es ist ein Trauerspiel, was sich im Parlament alles abspielt! Aber das ist ein ganz anderes Thema, da hört das Spiel auf!

Die Olympischen Spiele

Citius, altius, fortius/ Schneller, höher, weiter, heißt jedes Jahr aufs Neue das Motto der Sommerolympiade, und das sind drei Zielsetzungen, die es nicht nur für die Athleten im Stadion, sondern auch für den Fernsehzuschauer zu Hause zu erreichen gilt. Hartes Training ist also auch für ihn angesagt, denn nur so wird er die emotionalen Hochsprünge aus dem Sessel und die zahlreichen Schnellläufe zwischen Wohnzimmer, Kühlschrank und Toilette in den Werbepausen ganz ohne Verletzungen überstehen.

Insgesamt sind bei den Sommerspielen 28 verschiedene Sportarten zugelassen, und jede Sportart erfordert ganz andere spezifische Fähigkeiten. Der erfolgreiche Spitzensportler kennt jedoch genau seine Stärken und Schwächen, und daher weiß er auch, in welcher Disziplin er aufzutreten hat.

Als Schnellläufer wird man logischerweise nur dann gewinnen, wenn man extrem schnell laufen kann, es sei denn man kennt eine Abkürzung; Boxer wiederum müssen den biblischen Grundsatz, dass geben seliger denn nehmen ist, nicht nur verinnerlicht haben, sondern auch im Ring effektiv umsetzen können; Gewichtheber haben nur dann eine Chance, wenn sie nicht alles allzu schwer nehmen; und ein guter Libero muss es verstehen, den Ball möglichst oft ins Tor zu schießen. Und zwar ins gegnerische Tor, sonst gibt's Ärger!

Man sieht also, wer bei den Olympischen Spielen - in welcher Disziplin auch immer - erfolgreich sein möchte, der hat es gewiss nicht leicht! Die schwierigste aller olympischen Disziplinen aber ist Wasserball, vor allem für Nichtschwimmer.

Bei jeder Olympiade jagt ein Rekord den anderen, und einige Athleten sind so spitzenmäßig, dass sie manchmal sogar vier, fünf verschiedene Goldmedaillen hintereinander gewinnen. Dadurch werden sie also gleich vier, fünf mal unsterblich, und zwar für das ganze Leben.

Aber was heißt hier Medaillen? Dabei sein ist eigentlich alles, und wer möchte bei diesem wunderbaren Ereignis nicht dabei sein, wo es ausschließlich um den Sport geht, wenn nicht gerade ein Doping-Skandal im Mittelpunkt steht.

Es werden immer wieder gedopte Ruderer, Boxer, Turner, Ringer und Kugelstoßer erwischt, bloß die gedopten Läufer sind jedes Mal wesentlich schneller als die Fahnder.

Was aber gibt's Schöneres als Olympia! Das Schönste daran ist, dass sich während der Spielzeit

BARTÁK

fast alle Weltnationen entgegenkommend die Hand reichen, wenn sie nicht gerade die Olympiade boykottieren. Denn der Sport ist eine Völker verbindende Sache. Vor allem die Ärzte haben viel zu verbinden, wie ein Sportjournalist es mal einfühlsam auf den Punkt brachte.

Sportunfälle lassen sich freilich nicht vermeiden. Das ist jedoch überhaupt nicht schlimm, denn sie sind doppelt wichtig: Erstens befriedigen sie die Sensationsgier und Schadenfreude der Zuschauer, und zweitens wird der Wettkampf durch sie unterbrochen, was die Sponsoren wiederum sehr erfreut, weil die Zuschauer sich dadurch endlich richtig in Ruhe auf die Werbeplakate konzentrieren können.

Die Sportler selbst dürfen bei den Olympischen Spielen nach wie vor nicht als Werbeträger auftreten, was einige sehr schmerzt, denn dadurch geht so mancher Millionenvertrag verloren. Aber halt! Warum diesem Verbot nicht mal ein Schnippchen schlagen? Man könnte zum Beispiel ganz unauffällig an den Schuhsohlen der Boxer verschiedene Werbeslogans anbringen, in der Hoffnung, dass sie nachher K.O. geschlagen werden, und man sie mit den Füssen nach vorne aus dem Ring trägt. So hätten die Verlierer endlich auch mal was zu gewinnen!

Optimierung der Olympischen Winterspiele

Ich habe dem Internationalen Olympischen Komitee einen wichtigen Brief geschrieben. Davon hängt die Zukunft der Olympischen Winterspiele ganz ohne Zweifel ab:

Sehr geehrtes IOC,
ich freue mich unheimlich auf die Olympischen Winterspiele 2006 in Turin, ich kann kaum noch deren Startschuss am 10. Februar erwarten. Und ich möchte hiermit unterstreichen, dass ich die olympischen Winterspiele schon immer sehr gut fand, mit einer ganz kleinen Einschränkung: Ich fände sie noch weitaus besser, wenn sie wegen der unangenehm niedrigen Temperaturen statt im Winter im Sommer stattfänden.

Passion lives here, heißt das Motto der diesjährigen Winterolympiade. Es soll die Lebensfreude und Leidenschaft der Italiener bei allem, was sie für die

Spiele tun, ausdrücken. Herzlichen Glückwunsch!, kann ich ihnen hiermit nur zurufen. Doch bei allem Respekt, aus lauter heißblütiger Leidenschaft hat man wieder mal eine überaus wichtige Aufgabe völlig aus den Augen verloren, und zwar die Folgen der eisigen Kälte, in der sich auch die diesjährigen Winterspiele bei über 2000m Höhe zutragen werden, zu berücksichtigen. Im Klartext: Die Sportler könnten jederzeit auf dem überall entstandenen Eis ausrutschen oder im Schnee stecken bleiben. Und was unternimmt man dagegen? Gar nichts!

Man konnte es auch bei den letzten Winterspielen in Salt Lake City feststellen: Sämtliche Arenen, in denen man die Spiele austrug, waren die ganze Zeit mit Eis bedeckt und der Schnee blieb auf allen Loipen und Pisten über zwei Wochen lang schlampig liegen, obwohl seine Beseitigung wahrlich kein Problem gewesen wäre. Denn, wie der Name des Ortes schon zeigt, Salz war in Salt Lake City reichlich vorhanden.

Doch was jeder Hausmeister hierzulande für selbstverständlich hält, ist für die Organisatoren der Winterspiele weltweit bis heute wohl ein absolutes Fremdwort geblieben. Die Streupflicht wird seit der ersten Winterolympiade 1924 kontinuierlich und auf gröbste Weise vernachlässigt! Das hatte bisher logischerweise zur Folge, dass zahlreiche Spitzensportler ins Schleudern gerieten. Ein zusätzliches Defizit: Es gibt immer wieder Zuschauer, die sich aufgrund der weit und breit herrschenden viel zu niedrigen Temperaturen erkälten, zumal die Wettbewerbe in ihrer Mehrheit unter freiem Himmel stattfinden. Nun habe ich eine großartige Idee: Das geschilderte Problem hätte man freilich nicht, wenn man sämtliche Wettkämpfe von Abfahrtslauf bis Zweierbob nach innen, in gut geheizte Räume verlegen würde. Das wäre eine große Herausforderung für die Logistik und würde zudem auch eine erfreuliche Optimierung der Winterspiele herbeiführen.

In der Hoffnung, dass Sie sich für meinen Vorschlag erwärmen können, mit sportlichem Gruß!

Zu meinem Schreiben blieb bis heute jede Reaktion aus. Die Verantwortlichen ziehen es vor, den Kopf in den Sand, pardon!, in den Schnee zu stecken und eisig zu schweigen. So nicht! Ich möchte dem IOC nicht drohen, doch eins muss ich hier noch sagen: Die sollen sich warm anziehen!

Schöne Bescherung

Als kleines Kind war ich mächtig stolz auf meinen Onkel Walter, denn er hatte eine tiefe Stimme, die der dunklen Stimme des Weihnachtsmannes äußerst ähnlich war. Und außerdem trug er auch noch die gleichen Stiefel wie der Weihnachtsmann. Ich wollte deswegen die beiden Herren unbedingt miteinander bekannt machen, doch es gelang mir nie, denn obwohl Onkel Walter am Bescherungsabend immer bei uns zu Tisch war, traf er leider jedes Mal lediglich nach dem Verschwinden des Weihnachtsmannes ein.

Nun, mit reifem Alter, weiß ich freilich, dass es den Weihnachtsmann gar nicht gibt. Das ist natürlich schade, nicht nur für mich, sondern auch für die Eltern des Weihnachtsmannes, die es gewiss auch bedauerlich fanden, als sie dahinter kamen, dass ihr Sohn in Wirklichkeit gar nicht existiert.

Von der Wiege bis zur Bahre begleitet der Weihnachtsmann unser Leben, und Entwicklungspsychologen, Bioforscher und Gerontologen, die sich mit dem Problem des Alterns auseinandersetzten, haben herausgefunden, dass jeder Mann in seiner Entwicklung vier entscheidende Phasen durchläuft: 1. Die, in der er an den Weihnachtsmann glaubt, 2. die, in der er nicht an den Weihnachtsmann glaubt, 3. die, in der er der Weihnachtsmann ist, und 4. die, in welcher er dem Weihnachtsmann sehr ähnlich sieht.

Ich selber befinde mich in der dritten Phase, und so gab es auch dieses Jahr kein Entkommen. Ich musste abermals die Weihnachtsgeschenke für meine Familie heranschaffen, was mir angesichts der kaufwütigen Menschenmassen schwer zu schaffen machte. Jetzt mal ganz ehrlich! Da stimmt doch etwas nicht mit dieser Weihnachtszeit!

Wieso kommt sie denn immer dann, wenn die Läden so überlaufen sind?

Nach langem Schubsen und Drängeln gelang es mir jedoch für jedes Familienmitglied ein passendes Geschenk aufzutreiben, und dadurch wurde mein Ärger reichlich wettgemacht. Ich kaufte für meine Tochter ein hochinteressantes Puzzle. Es ist zweifelsohne von hohem pädagogischem Wert, zumal es die Kinder auf die Welt von morgen vorbereitet. Egal wie man die Puzzleteile miteinander kombiniert, es kommt nie etwas dabei heraus.

Außerdem erstand ich eine Modelleisenbahn mit Digitallokomotive und elektronischem Bahnübergang. „Ein tolles Ding! Ihr Sohn wird bestimmt nur noch damit spielen wollen!“, meinte die Verkäufe-

rin. Ich dachte über ihre Worte kurz nach, dann kaufte ich gleich noch eine zweite Eisenbahn, denn die erste war ja für mich gedacht.

Was sollte ich aber meiner Frau schenken? „Kauf mir bitte gar nichts! Ich habe absolut alles, was ich brauche!“, hatte sie mir immer wieder nahe gelegt. Nachdem ich also reiflich überlegt hatte, was man jemandem schenkt, der absolut alles hat, kaufte ich ihr eine Alarmanlage.

Was meine Frau mir schenken wird, weiß ich natürlich nicht. Aber wie ich ihren Geschmack kenne, na ja! Da man einem geschenkten Gaul aber nicht ins Maul schaut, wäre ich natürlich mit allem zufrieden. Hauptsache, sie hat beim Kauf an mich gedacht; ein Geschenk hat ja sowieso eher symbolischen Wert. Und zum Glück gibt es ja immer noch die Tage nach Weihnachten. Da sind die Verkäufer im Allgemeinen kulant, und so werde ich dieses Geschenk dann problemlos umtauschen können.

Gute Vorsätze

Einst spottete Oscar Wilde, gute Vorsätze seien bloß nutzlose Versuche, die Naturgesetze außer Kraft zu setzen. Die Realität sieht jedoch anders aus, dass kann ich anhand meiner eigenen Erfahrungen belegen. So nahm ich mir zum Beispiel letztes Jahr am 1. Januar fest vor, das Rauchen im Laufe des Jahres einzustellen, was ich bis zum 31. Dezember auch schaffte, und zwar nicht nur einmal, sondern sogar fünf Mal hintereinander. Zurzeit rauche ich leider wieder, doch ich bin ganz zuversichtlich, dass ich dieses Jahr noch viel öfter als im letzten Jahr damit aufhören werde. Und zwar endgültig.

Der Clevere weiß: Man darf, wenn man einen guten Vorsatz fasst, seine Ziele nicht allzu hoch stecken, weil man das Scheitern und den Frust ja dadurch vorprogrammiert. Da gab es zum Beispiel bei mir eine Zeit, in der ich mir alljährlich Anfang Januar vornahm, bis spätestens Ende März mindestens vier Kilo abzuspecken. Das war natürlich absolut unrealistisch und ließ sich in die Praxis überhaupt nicht umsetzen, es sei denn, ich hätte von heute auf morgen angefangen, weniger Nahrung zu mir zu nehmen.

Dieses Jahr habe ich mir daher ein viel realistischeres Ziel gesteckt: Ich habe mir vorgenommen, bis Ende März mindestens vier, fünf Kilo zuzunehmen. Und ich habe mir bereits eine Digitalwaage angeschafft, um mein Gewicht diesbezüglich strengstens zu kontrollieren. Denn ohne Disziplin geht in solchen Fällen gar nichts. Ab sofort darf ich also nur noch das essen, was mir besonders schmeckt, Genussmittel, die sich als Kalorienbomben entpuppen, sind obligatorisch.

Auch möchte ich im neuen Jahr mit meiner Hektik und meinem exzessiven Tatendrang endlich Schluss machen, sie haben meiner Gesundheit schlimm zugesetzt. Meine Hände zittern, und ich habe ständig Herzrasen. Also werde ich mich im neuen Jahr in Gelassenheit und Kontenance üben, auch wenn ich dafür brutal kämpfen muss. Und nie wieder werde ich mitten in der Nacht aufspringen, wenn mein Handy im Wohnzimmer schellt. Man kann ja auch im Liegen telefonieren, wenn man das Handy mit ins Bett nimmt.

Mein Familienleben ist im letzten Jahr viel zu kurz gekommen, zu meiner Tochter hatte ich kaum noch Kontakt. Vorsatz fürs Neue Jahr: Ich werde mich ab jetzt regelmäßig mit meiner Tochter unterhalten, denn sie braucht selbstverständlich einen Vater, der ihr Ratschläge gibt und ihr aufmerksam

BARTÁK

zuhört. Da ich in der Woche jedoch für so etwas überhaupt keine Zeit habe, werde ich dieses Vorhaben eben am Wochenende bewerkstelligen. Das Problem: Am Wochenende ist meine Tochter nicht ansprechbar, weil sie dann dauernd vor dem PC sitzt. Nun habe ich aber eine Idee: Ich werde jeden Sonntag wenigstens eine Stunde mit ihr chatten, denn wir haben ja auch noch einen Laptop im Haus. Darüber habe ich auch meine Frau schon informiert, und zwar per E-Mail, weil sie sich beim Fernsehschauen nicht stören lässt.

Und noch ein guter Vorsatz: Im Neuen Jahr werde ich auch mit dem Laufen anfangen, die Joggingschuhe dafür liegen bereits im Flur. Aller Anfang ist schwer, aber heute Morgen zog ich sie erst mal an, und danach wieder aus. Damit habe ich schon mal einen klaren Startschuss gesetzt.

Zuverlässige Prognosen

Wenn er nicht gerade seinen Erinnerungen nachhängt, lebt der Mensch in der Gegenwart, aus welcher er häufig versucht, einen neugierigen Blick in die Zukunft zu werfen. Dieses Unternehmen hat aber leider nur begrenzte Erfolgsaussichten, denn wie der Dramatiker Eugène Ionesco richtig feststellte: „Die Zukunft sieht man nicht. Die Vergangenheit wohl. Das ist seltsam, denn wir haben ja unsere Augen nicht auf dem Rücken."

Und so kann es uns nur erfreuen, dass es die Zukunftsforschung oder Futurologie gibt, die nach streng wissenschaftlichen Methoden zuverlässige Prognosen für das uns Bevorstehende erstellt. Um die Genauigkeit ihrer Aussagen zu überprüfen, greifen besonders eifrige Futurologen immer wieder zu zusätzlichen Methoden: Sie lesen beispielsweise im Kaffeesatz oder lassen sich die Tarotkarten legen.

Die heutige Futurologie kann auf eine durchaus erfolgreiche Vorgeschichte zurückblicken. So einige

Voraussagen der Zukunftsforscher erregten am Anfang des 20. Jahrhunderts hohes Aufsehen, vor allem dann, wenn sie gar nicht stimmten. So beobachteten die Vorfahren der Futurologen um das Jahr 1900 herum, wie die Anzahl der Pferdewagen in New York rasant anstieg, und erstellten aufgrund dessen die so genannte Pferdemist-Prognose. Ab 1910 sollten die Straßen des Big Apple, laut mathematischen Berechnungen, wegen des bis dahin meterhoch angehäuften Pferdemistes gar nicht mehr passierbar sein. Als daraufhin das Auto die Pferdekutschen jedoch verdrängte, machte man die nicht weniger mathematisch fundierte Voraussage, das Auto habe überhaupt keine Zukunft, zumal es nicht genügend geschulte Chauffeure gäbe.

Das war freilich leicht daneben, doch inzwischen verfügt die Futurologie längst über viel präzisere Erkenntnisstrategien und Methoden, wodurch ihre Prognosen wesentlich zuverlässiger geworden sind. Sie erreichen heute in der Regel eine Trefferquote von 97% bis sage und schreibe 100%, und zwar in 4,3 % der Fälle.

Die deutsche Regierung wiederum hat ihre eigenen begnadeten Futurologen, die sich gleichzeitig als Minister betätigen. Sie prognostizierten für 2005 ein Wirtschaftswachstum von 2,3 %, was ja auch stimmte, wenn man das 2 vor dem Komma weglässt. Nach demselben Prinzip ist für die nächsten Jahre ein Wachstum von 1,0 % bis 2,0% zu erwarten.

Auch die Börsenanalysten machen sehr zuverlässige Prognosen, wenn sie die Entwicklung der Aktienkurse voraussagen. Und viele von uns wären an der Börse schon längst stinkreich geworden, wenn die Aktien ein bisschen mehr Disziplin bewiesen und sich an diese Prognosen gehalten hätten.

Um eine genaue Prognose machen zu können, muss man unbedingt folgenden Grundsatz beherzigen: Man nenne Zahlen oder man nenne einen Zeitpunkt. Aber nie beides gleichzeitig.

Wenn ich über Künftiges Bescheid wissen möchte, dann traue ich den wissenschaftlichen Aussagen der Zukunftsforscher etwas weniger. Ich halte es eher mit dem Übersinnlichen und konsultiere daher regelmäßig einen prominenten Hellseher. Er ist derart berühmt, dass es äußerst schwierig ist, einen Termin bei ihm zu bekommen. So wollte ich zum Beispiel in der ersten Januarwoche von ihm wissen, was für Zahlen ich im Lotto spielen müsse, um in der zweiten Januarwoche sechs Richtige zu landen. Das konnte er mir haargenau sagen, und zwar in der dritten Januarwoche.

Bei der nächsten Lottoziehung versuche ich abermals mein Glück. Ich bin gespannt, wie es diesmal endet. Ich wage jetzt mal eine klare Prognose: Es könnte so oder so ausgehen.

Kunst ist schön

Was ist Kunst?

Was ist Kunst? Die gute Nachricht: Bei einer kürzlich durchgeführten Straßenumfrage stellte sich heraus, dass absolut jedermann diese anspruchsvolle Frage ganz ohne Zögern beantworten konnte. Die schlechte Nachricht: Die Antwort lautete meistens: „Kunst?!... Äääääh... Keine Ahnung!" Was natürlich nicht heißt, man würde sich heute mit der Kunst nicht auseinandersetzen! Alle tun es auf ihre Weise, sogar die Politiker, besonders seitdem sie mit großem Engagement alle möglichen Kunstförderungen, wo es nur geht, streichen.

Die Künstler selbst wissen natürlich am besten, wie Kunst unmissverständlich zu definieren ist. Wie die Kunstgeschichte zeigt, gibt es eine Riesenmenge von Künstlern überzeugend formulierter Kunstdefinitionen, die bloß einen Nachteil aufweisen: Sie schließen sich gegenseitig aus. Kunst ist dementsprechend u.a. Harmonie, Chaos, Wahrheit, Lüge, Intuition, Konfusion, Aktion, ein Spiel, ein Spiegel und noch ein paar hundert andere Dinge. Da kommt man ganz schön durcheinander, was aber natürlich kein Grund zur Unruhe ist, denn es gibt ja zum Glück auch noch die Kunstkritiker, die uns auf diesem schwierigen Gebiet problemlos zum Durchblick verhelfen. Wenn ich zum Beispiel zu einer Theaterpremiere gehe, brauche ich am nächsten Tag bloß die Kritiken dazu zu lesen, und schon weiß ich, ob das Kunst war oder Blödsinn, ob mir das Stück also gefallen hat oder nicht.

Manchmal ist ein Kunstwerk so komplex, dass der Künstler selbst nicht mehr kapiert, was er damit gemeint hat, doch auch diesmal finden sich begabte Kunstkritiker, die ihm das einleuchtend erklären können.

Das Publikum ist heutzutage kunstinteressierter denn je, und wenn jemand zum Beispiel eine Malereiausstellung besucht, dann tut er es nur aus echtem Kunstinteresse oder weil es regnet.

Bei einer Vernissage ist der Publikumsandrang natürlich am allergrößten, vor allem, weil es dort meist auch ein Buffet gibt. Doch seien wir nicht ungerecht, vielen geht es freilich nicht nur ums Schnorren, sondern auch ums Sehen und Gesehenwerden. Man trifft bei solchen Gelegenheiten immer wieder ein paar andere Kunstbeflissene, mit denen man langsam durch den Raum wandern kann, um sich gekonnt über die ausgestellten Werke auszutauschen. Zum Glück können die Gemälde auf die ganzen Kommentare nicht reagieren. Denn wie sagte Jules Goncourt bereits im 19. Jahrhundert: „Nie-

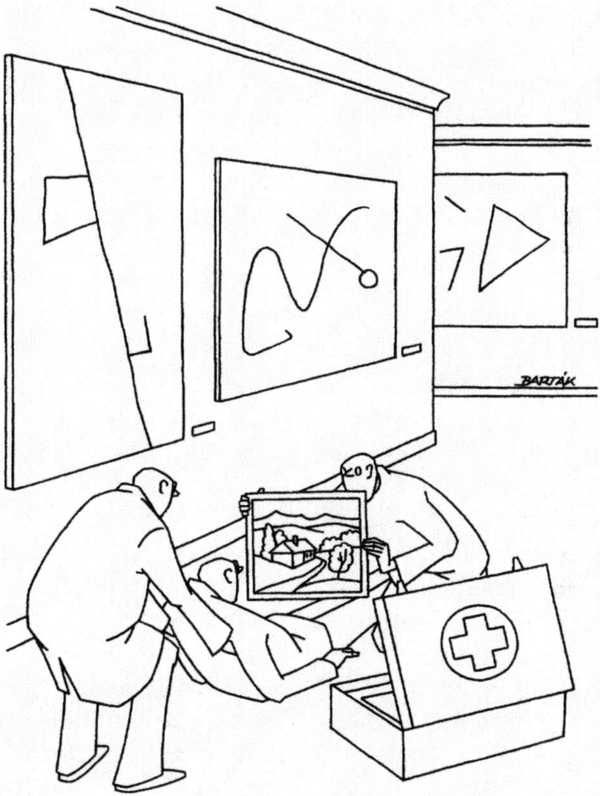
BARTÁK

mand auf der Welt bekommt so viel dummes Zeug zu hören, wie die Bilder in einer Ausstellung oder in einem Museum."

Die Maler selbst haben es im Allgemeinen noch schwerer als das Publikum, das sie bewundert. „Jedes Mal, wenn ich ein Porträt male, verliere ich einen Freund.", klagte einst ein berühmter Maler. Der Mann hatte natürlich das Pech, der traditionellen Malerei anzugehören. Daher konnte der von ihm Porträtierte sich auf der Leinwand haargenau wieder erkennen, falls er dem Künstler für seine Arbeit nicht genügend bezahlte.

Dieses Problem der Wiedererkennung wurde bekanntlich am Anfang des 20. Jahrhunderts mit großem Erfolg gelöst. Ein Künstler wie Picasso, zum Beispiel, hat die Malerei völlig revolutioniert, indem er sich als Schöpfer betätigte und Gesicht und Körper des Modells nach seinen eigenen Vorstellungen ganz neu gestaltete. Das macht bis heute Schule, und zwar nicht nur in der Malerei, sondern auch in der Medizin. Wenn man sich die Ergebnisse so mancher Schönheitsoperationen anschaut, dann weiß man sofort, dass der Schönheitschirurg bei Picasso eine ganze Menge abgekupfert hat. Was auch kein Wunder ist, denn Picasso war der einflussreichste Künstler der letzten hundert Jahre. Und auch der produktivste. Er hat bekanntlich mindestens 15.000 Bilder gemalt, wovon sich heute allein um die 16.000 in den USA und 17.000 in Deutschland befinden.

Die Kunst der Musik

Die Kunst der Musik hat selbstverständlich auch ihre Tücken. So habe ich als Kind nie kapiert, wieso man mir dauernd einhämmerte, ich müsste meinen Gegenüber bei einem Gespräch stets ansehen, während der Dirigent eines Symphonieorchesters es sich leisten konnte, seinem Publikum während der gesamten Aufführung den Rücken zuzuwenden. Außerdem habe ich bis heute null Verständnis für die Art, wie sich einige Musiker in einem Symphonieorchester während eines Konzerts benehmen. Obwohl das Publikum eine Menge Kohle bezahlt hat, um sie spielen zu hören, sitzen sie meistens nur tatenlos herum und erbarmen sich nur dann zu ihren Instrumenten zu greifen, wenn der Dirigent sie plötzlich grimmig ansieht und mit dem Stock auf sie zeigt.

Das Ende vieler Opernvorführungen finde ich ganz besonders absurd, denn es geschieht immer wieder, dass eine Hauptfigur erschossen oder erdolcht wird, und anstatt zu bluten und tot umzufallen, fährt sie anschließend unbeirrt fort, aus voller Kehle zu singen, bis dann endlich der Vorhang fällt. Kein Wunder, dass Rossini einmal die Bemerkung machte: „Wie schön die Oper wäre, wenn es keine Sänger gäbe!“

Mit der Computermusik hingegen kann ich wesentlich mehr anfangen, insbesondere, wenn die Bässe von Piepsern und Heulern begleitet werden. Ich besitze jede Menge CDs mit solchen Songs. Die meisten sind von der Geräuschkulisse eines Presslufthammers nicht zu unterscheiden, und ich lege sie immer wieder bei voller Lautstärke auf, denn jedesmal, wenn ein Stück losgeht, kann ich mich schon darauf freuen, dass es in ungefähr fünf Minuten zu Ende ist. Diesen Vorteil kann ich bei einer Opernaufführung leider nicht genießen.

Einer meiner Nachbarn gründete kürzlich eine Rockband und fragte mich, ob ich nicht vielleicht auch ein Instrument spielen könnte. „Vielleicht“, meinte ich, „aber ich bin mir da nicht so sicher, denn ich habe es noch nie versucht.“ Zum Glück hat dann aber alles geklappt, und wir treten jetzt regelmäßig zusammen auf. Meine Virtuosität und die Leichtigkeit meines Spiels brachten mir das Attribut Paganini der Luftgitarre.

Wenn man Musik hört, fällt einem immer wieder auf, dass viele Passagen oder sogar ganze Lieder sehr ähnlich klingen oder gar völlig identisch sind. Da fragt man sich hoch irritiert: „Wer hat hier von wem geklaut?“ Aber was soll's! Das ist gar nicht

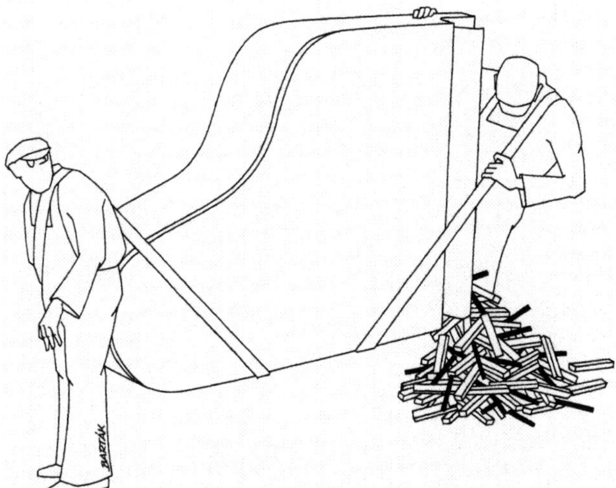
BARTÁK

weiter schlimm, denn wie ein Tonsetzer es mal auf den Punkt brachte: „Man erkennt einen guten Komponisten an dem, was er geklaut hat." Das Zitat stammte aber natürlich nicht von ihm, er hatte es von einem anderen Komponisten geklaut.

Die Kochkunst und was ich so esse

Ein Spitzenkoch ist immer auch gleichzeitig ein wahrhaftiger Künstler. Er muss nicht nur über eine Menge Erfahrung und Know-how im kulinarischen Bereich verfügen, sondern auch über Talent. Und auch Kreativität ist für einen Kochkünstler unentbehrlich. Wer erfolgreich im Kochtopf herumrühren möchte, der muss sich permanent etwas Neues einfallen lassen. Wie sagte nur Paul Bocuse: „Wenn ein Arzt einen Fehler macht, wird Erde darüber geschüttet. Und wenn ein Koch einen Fehler macht, dann schüttet er ein wenig Soße darüber und sagt, das sei ein neues Rezept." Der Mann wusste, wovon er redete, denn als maitre de cuisine Frankreichs hat er unzählige Rezepte erfunden.

Ganz anders ist es um mich bestellt. Ich bin eine ziemliche Null im Kochbereich, das muss ich nun offen zugeben. Wenn ich mich voller Tatendrang an den Herd stelle, dann fällt mir so gut wie gar nichts ein. Es wurde mir immer wieder empfohlen, mir diverse Kochbücher anzuschaffen, und ich habe es auch getan, aber sie taugten überhaupt nichts. Ich fand diese Kochbücher so langweilig, dass ich spätestens nach der zweiten Seite die Lektüre aufgab.

Das einzige, was mir beim Kochen gelingt, sind Nudeln, doch nur dann, wenn ich sie nicht verkoche, oder ein weich gekochtes Ei, aber nur, wenn es nicht zu hart wird.

Ich könnte Fertiggerichte kaufen, dafür braucht man jedoch normalerweise eine Mikrowelle, und meine habe ich längst verschenkt, weil sie viel zu gefährlich war. Sie brachte immer wieder nicht nur Eier und Tomaten, sondern auch jegliche Art von Konservendosen zum Explodieren, und das fand ich natürlich schade, denn bei mir wird absolut gar nichts weggeworfen. Falls ich zum Beispiel eine Konservendose einmal geöffnet habe, und ich es nicht schaffe, sie vollständig zu verspeisen, kommt das, was davon übrig bleibt, in den Kühlschrank. Dort wird es dann hygienisch und keimfrei aufbewahrt, aber nie länger als zwei bis drei Tage, dann schmeiße ich das Ganze in den Müll.

Früher pflegte ich gelegentlich in einer Pizzeria zu speisen, ich hatte dort sogar einen festen Platz, wo ich schnellstens bedient wurde: In der Nähe des Kellners. Doch ist es in diesem Lokal inzwischen recht ungemütlich geworden. Es ist dort jeden Abend so brechend voll, dass kaum noch jemand hingeht.

Nun begebe ich mich jeden Abend in den Schnellimbiss um die Ecke. Da bestelle ich mir eine kleine Portion Pommes mit Ketschup oder, weil ich ab und zu auch mal eine Abwechslung brauche, eine große Portion Pommes mit Ketschup. Aber niemals mit Majonäse, die ist mir viel zu fettig, und ich lege natürlich großen Wert darauf, mich gesund zu ernähren. Letztes Mal waren die Pommes leider in ranzigem Öl gebraten, und da habe ich bloß die Hälfte davon runtergekriegt, danach wurde es mir speiübel. Aber das war gut so, denn wie sagte nur Mark Twain: „Die einzige Methode gesund zu bleiben, ist das zu essen, was man nicht mag, das zu trinken, was man verabscheut, und das zu tun, was man lieber nicht täte."

Ja, die Menschen wissen oft nicht, wann genug ist. Nicht nur, dass sie zu viel essen, sondern auch beim Alkoholgenuss schlagen sie häufig über die Stränge. Mit den Jahren lernt man aber freilich dazu, und uralte Leute trinken dann logischerweise nur noch ganz wenig, zumal sie das meiste, was im Glas ist, verschütten.

Um zu den übrig gebliebenen Pommes zurückzukehren: Ich hätte sie dem Verkäufer zurückbringen können, doch ich habs nicht getan. Wozu denn auch? Er hätte es auch nicht geschafft, sie aufzuessen.

Showevents

Man kann sich vor lauter Showevents kaum noch retten. Ihre Anzahl steigt vor allem im Sommer ins Unermessliche, denn sie finden jetzt verstärkt auch im Freien statt, als Openairs, Freilufttheater, -oper und -kinos oder Festivals.

Wer im Showeventbusiness mitmischt, der braucht starke Nerven. Wenn er nicht hart im Nehmen ist, dann landet er unter Umständen auf der Couch, wie der Sänger, der verzweifelt meinte: „Herr Doktor, bitte helfen Sie mir! Ich singe total schief, kann die einfachsten Songtexte nicht behalten und habe die Ausstrahlung einer leeren Konservendose. Diese ganzen Showevents sind mir ein Grauen. Ich möchte nichts mehr damit zu tun haben!“ „Warum hören Sie dann nicht einfach damit auf?“, fragte der Therapeut. „Geht nicht“, sagte der Sänger, „ich bin ein Star.“

Ja, so ist das eben, die Showeventindustrie kann es sich beim besten Willen nicht leisten, auf ihre Stars

FÜR IMMER ZUSAMMEN 4
BARTÁK

zu verzichten. Daher wimmelt es auf jedem erdenklichen Showevent nur so von ihnen, und falls sie gerade nicht zur Hand sind, werden sie von den Eventmanagern auf Teufel komm raus produziert. Da in den letzten Jahren im Rahmen der unzähligen Events so unglaublich viele Stars entstanden sind, ist anzunehmen, dass diese inzwischen viel zahlreicher als das gesamte Showeventpublikum sind.

Die Showeventmanager und -agenten sorgen bekanntlich dafür, dass die allgegenwärtigen Showevents immer schön fleißig vermarktet werden. Sie agieren im Schatten der Eventstars, zu denen sie häufig ein getrübtes Verhältnis haben, weil sie überzeugt sind, dass diese ihnen 80-90% ihrer Gage wegnehmen. Das halten sie für einen Skandal, aber was soll's! Skandale sind immer gut, denn ohne sie gäbe es wohl keine gelungenen Showevents.

Eines der schönsten Openairevents ist die Hochzeit im Freien, deswegen wird in den Sommermonaten auch sehr gerne geheiratet, vor allem dann, wenn man sich noch gar nicht kennt. Im Rahmen der Mega-Aktion „Zwei Fremde, ein Hochzeitsevent" rief ein Privatsender aus Baden-Württemberg kürzlich die jungen Leute dazu auf, eine Person, die sie vorher noch niemals gesehen haben, in einer Hochzeitsshow zu heiraten. Zahlreiche Kandidaten haben sich gemeldet, die entsprechenden Openair-Hochzeiten finden im Juli statt. Gleich nach der Hochzeit gibt es dann voraussichtlich ein Mega-Scheidungsevent.

Bis dahin sind sicher ein paar Teller geflogen, richtig showmäßig, auch wenn das kein Event war.

Lesen und Schreiben

Trotz des Internetzeitalters sind richtige Bücher aus Papier nach wie vor sehr beliebt. Sie haben etwas Solides und Zuverlässiges, denn sie verschwinden nicht wie virtuelle Texte, es sei denn man hat sie verlegt oder auf Nimmerwiedersehen verliehen. Aber ansonsten ist ein Buch immer für einen da, wie ein guter Freund, und es hat diesem gegenüber sogar den Vorteil, dass man es zuklappen kann, wenn es einen ärgert oder langweilt.

Aber was verspricht sich denn der Leser zu Zeiten der Pisa-Studie alles von einem Buch? Dieser Frage ist eine Zeitung für Jugendliche vor kurzem nachgegangen. „Welche Bücher haben dir am meisten geholfen?“, wollte man von den Heranwachsenden wissen. Im Wesentlichen bekamen die Zeitungsmacher zwei Antworten: 1. Das Kochbuch meiner Mutter 2. Das Scheckbuch meines Vaters. Da werden sich jetzt natürlich viele fragen, ob bei so viel Liebe für das Kulinarische und solch krassem Materialismus, die moralischen Werte nicht vielleicht auf der

Strecke geblieben sind, doch da kann ich Sie zum Glück beruhigen! Es gab selbstverständlich auch zahlreiche Jugendliche, für die das Scheckbuch des Vaters überhaupt keine Rolle spielte, doch natürlich nur dann, wenn der schon längst pleite war.

Und was passiert mit den heutigen Schriftstellern? In der Flut der Neuerscheinungen werden viele von ihnen vom breiten Publikum schlicht ignoriert, aber das passiert natürlich nicht immer, denn manche Werke kommen erst gar nicht auf den Markt, mit der Begründung, sie seien zwar literarisch wertvoll, jedoch wirtschaftlich unrentabel. Da war das ganze Schreiben also für die Katz, beziehungsweise für die Schublade. „Aber was in Gutenbergs Namen habe ich denn falsch gemacht?“, fragt sich der arg frustrierte Autor. Die Antwort ist denkbar einfach: „Es ist idiotisch, sieben oder acht Monate an einem Roman zu schreiben, wenn man ihn in jedem Buchladen für zwei Dollar kaufen kann.“ So der amerikanische Bücherfreund Mark Twain, und der Mann wusste gewiss, wovon er redete, weil er selbst immer wieder ganz hartnäckig Romane schrieb.

Aber Twain lebte bekanntlich im 19.Jahrhundert, und da hatte er gut reden, doch wo kriegt man heute noch Romane für zwei Dollar, was umgerechnet ungefähr 1,50 Euro macht. Da ist ja eine Zeitung schon oft billiger. Bücher kosten inzwischen mindestens das Zehn-, wenn nicht das Zwanzigfache, und da ich selbst ziemlich knapp bei Kasse bin, mir aber immer wieder gerne ein Buch kaufe, habe ich mir vor einiger Zeit darüber Gedanken gemacht, wie ich möglichst preiswert an Bücher herankommen könnte, und da hatte ich eine wunderbare Idee: Ich beschloss, ab sofort Schriftsteller zu werden, und nur noch das zu lesen, was ich selbst geschrieben habe.

Nach harter, schweißtreibender Arbeit vollendete ich kürzlich meinen ersten Krimi, aber als ich ihn danach las, fand ich ihn stinklangweilig: Ich wusste leider schon nach der ersten Zeile, wer der Mörder war. Jetzt muss ich also wohl doch noch in die Buchhandlung gehen, denn ehrlich gesagt finde ich Krimis, die andere Autoren geschrieben haben, eigentlich wesentlich spannender.

Nun arbeite ich an einer Rezension, in der ich meinen Krimi schonungslos demontiere, was mir natürlich ganz schön zu schaffen macht. Aber ein Schriftsteller muss auch einstecken können, vor allem, wenn die Kritik an seinem Werk völlig berechtigt ist.

Vom Umgang mit Büchern

Die Literatur ist eine sehr beliebte Kunstform, und viele Leute würden sich für ihr Leben gerne damit auseinandersetzen, wenn sie dafür nur nicht lesen müssten.

Lesen, wer kann sich das heute noch leisten! Bei so vielen Fernsehprogrammen schafft man es kaum noch, sich einmal vom 1. bis zum 99. Kanal durchzuzappen, und schon ist der Abend vorbei, und man liegt mit schweren Hirnschäden auf der Couch.

Das absolut Beunruhigende: Überall um uns herum gibt es Bücher, deren Zahl Minute für Minute rasant zunimmt. Kein Wunder, dass es manche für legitime Notwehr halten, dem Bücherdschungel den Rücken zuzukehren und kein einziges bedrucktes Blatt mehr anzufassen!

„Was tun aber, wenn einem ein Buch trotzdem irgendwie einmal ins Haus kommt?“, werden jetzt einige, die der Pisa-Test das Fürchten gelernt hat, beunruhigt fragen. „Wie soll ich denn mit dieser ungewöhnlichen Situation umgehen?“

Wie uns die Verhaltenspsychologie verdeutlicht, ist das Weglaufen gewiss keine Lösung, und so muss man halt lernen, seine Bücher-Panik zu besiegen, indem man in die Offensive geht und zu lesen anfängt. Und sei es nur das Telefonbuch für den Anfang, wenn man kein anderes Buch besitzt! Es bietet zwar eine ziemlich anstrengende Einstiegslektüre, denn es beinhaltet tausende von Personen und kein bisschen Handlung, doch andererseits hat es den großen Vorteil, dass der darin vorhandene Realismus von keinem Bestseller der Welt zu überbieten ist. Keine einzige Zeile darin ist erfunden. Und außerdem ist es gratis zu haben, was in den Zeiten des geilen Geizes nicht zu verachten ist.

In einem nächsten Schritt sollte man sich dann aber vielleicht doch eher der klassischen Literatur zuwenden, wie mein Freund Alfred es tat. „Ich habe angefangen Shakespeare zu lesen“, berichtete er mir kürzlich voller Stolz. „Und?“ „Bisher habe ich bereits zwei Theaterstücke von ihm geschafft: Romeo und Julia.“

Frage an den Literaturexperten: Wieso gibt es denn heutzutage so viele Büchermuffel? Antwort: Es gibt heute gar keine Büchermuffel, ganz im Gegenteil. Es gibt gegenwärtig nur noch Leute, die keine Zeit haben, Bücher zu lesen, weil sie meistens damit beschäftigt sind, selber welche zu schreiben. Fußballer, Sänger, Moderatoren, Boxer, Bankräu-

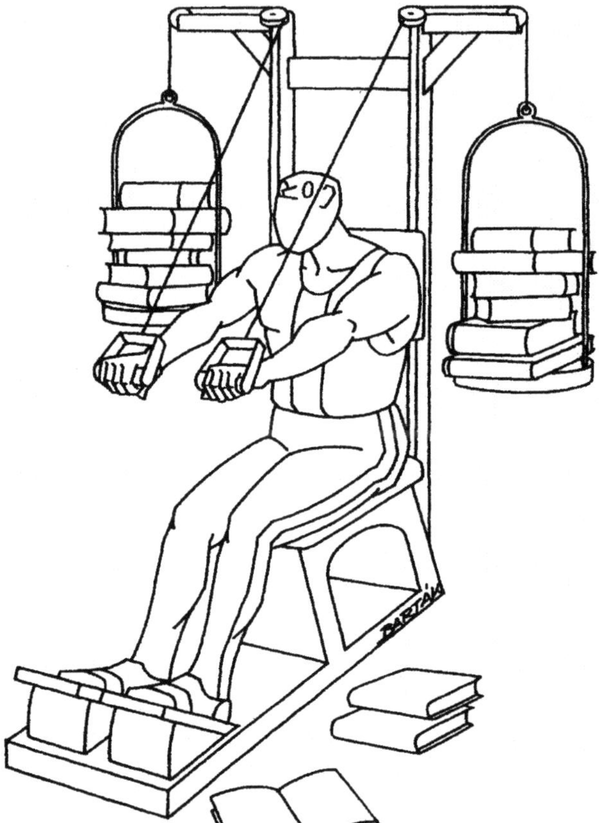
BARTÁK

ber, Politiker, Wetteransager, alle schreiben sie Bücher, im Klartext Autobiographien.

Das Wort Autobiographie bedeutet eine selbst geschriebene Lebensgeschichte und ist griechischen Ursprungs, wie uns das etymologische Wörterbuch zeigt. Und wie uns die Realität zeigt, können einige Autobiographie-Autoren kaum ihren eigenen Namen selbst schreiben, geschweige denn ihre Lebensgeschichte. Aber das macht überhaupt nichts! Denn es gibt ja auch noch die Ghostwriter, und die zeigen den Autobiographie-Autoren, wo es beim Schreiben langgeht. Also, wenn der Ghostwriter ganz viel Fantasie hat, dann wird die absolut wahre Lebensgeschichte des Autobiographie-Autoren zu einem bejubelten Bestseller.

Ein Synonym für die Bezeichnung Autobiographie ist das Wort Memoiren. Die meisten Autobiographien oder Memoiren sind höchst spannend und informativ, da in letzter Zeit immer mehr Autoren so um die zwanzig sind und mit der Erfahrung und Weisheit des Alters auf eine lange Pubertät zurückblicken können.

Also werde ich bestimmt keine Memoiren schreiben. Dafür bin ich leider nicht mehr jung genug.

Eine erfolgreiche Satirelesung

Unlängst hatte ich eine Satirelesung in der Siegener Stadtbibliothek. Es waren insgesamt nur drei Personen gekommen: der Bibliothekar, ein Journalist und ein Fotograf. Ich habe also angefangen vorzulesen, der Fotograf hat mich dabei fotografiert, und alle drei haben sich köstlich über meine Texte amüsiert.

Nach zehn Minuten ist dann ein Drittel meines Publikums, das heißt der Fotograf, wegen eines anderen Pressetermins gegangen. Ich habe aber dem restlichen Publikum weiterhin vorgelesen, und alle haben sich kaputt gelacht, und der Journalist hat sich immer wieder Notizen gemacht.

Doch nach einer weiteren halben Stunde ist dann auch das zweite Drittel meines Publikums, das heißt der Journalist, wegen eines wichtigen Termins gegangen. Danach habe ich also nur noch dem Bibliothekar vorgelesen, der sich dabei unendlich vergnügte und mich dauernd bat weiterzumachen. "Ich könnte Ihnen bis morgen zuhören!", sagte er.

Am nächsten Tag stand dann in einem Artikel in der „Siegener Zeitung“, das ganze Publikum hätte sich bei meiner erfolgreichen Satirelesung in der Stadtbibliothek ausgezeichnet unterhalten.

Ich habe den Zeitungsausschnitt mit diesem Artikel und einem Foto, das mich zeigt, wie ich in Siegen vorlese, hier, auf meinem Schreibtisch liegen. Der Bibliothekar hat ihn mir zugesandt. Das Publikum ist aber auf dem Foto nicht zu sehen.

ENDE

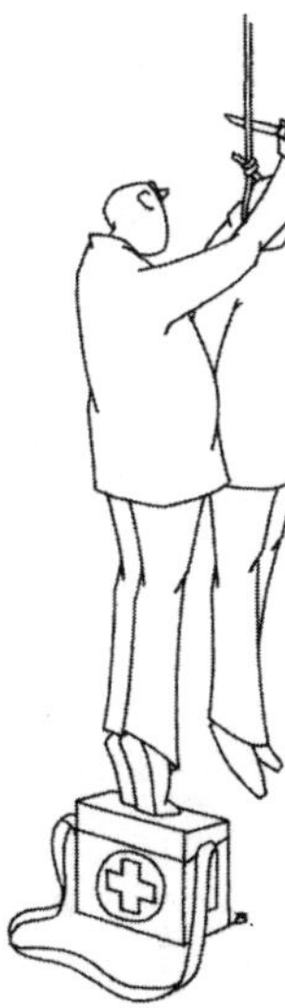

Ich bedanke mich bei Andrea und Norbert für die großartige Mithilfe, bei Miroslav für die großartigen Cartoons und bei Heino: Während ich schrieb, hat er nie im Hintergrund gesungen.